豬神權杖
築夢星 著

推薦序

表演設計／主持人／演員　許傑輝

自從二〇〇一年開始主持兒少節目《下課花路米》後，我一直很關注兒童的學習與成長問題，尤其近年開始教授表演相關課程，發現普遍大眾在填空式的教育下，思考變得十分局限，因此我在授課及演講時非常強調，大家應該發揮創意思考，不論是在生活或工作上，甚至是父母陪伴孩子的成長過程中。創意不僅可以創造趣味、提高效率，尤其在東方文化裡，我們對於情感的表達過於羞赧，但只要用對方式，創意可以讓人與人之間的情感變得更親密。

我相信這本書的價值不單單只是提供閱讀，在作者的文字裡有著無限的畫面，看著看著會不自覺地陷入自己的想像之中，時而緊張，時而幽默，甚至可以從中認識各種動物的生態。同時，這也是一本非常適合親子

共同閱讀的書籍，可以互相揣摩不同動物的聲音與型態，藉此訓練聲音表情、肢體表演，甚至是將想像中的畫面用各種型式表現出來，透過多元的方式，或許可以找到不一樣的親子相處模式，從而發現孩子們不同的特色。

特別感謝他在工作與家庭如此忙碌的生活中，還可以繼續為兒童文學創作，也希望各位在閱讀此書時，可以發揮想像力、創造力，讓這個故事變得更繽紛。

自序

一切都是那個晚上闖的禍

築夢星

這故事要說到從前從前（好啦！其實沒那麼從前）。

然後沒有親一下會變身帥氣王子的青蛙、也沒有容易掉鞋子的美女，更沒有總是喜歡吹倒人家房子的大野狼……

只有一個愛陪孩子看故事的爹，在一個夜不黑、風不高的晚上——這個爹陪著孩子讀著他自己也很喜歡的畫家賴馬所畫的十二生肖繪本時，突然，喜歡追根究柢的硬底子學者風大兒子開口了。

大寶：「為什麼只有十二種動物參加比賽？其他的動物跑去哪了呢？」

爹：「為什麼？」咦……嗯（一時語塞，我怎麼知道其他動物滾到，不，是躲到哪裡去了呢？）

小寶：「其他動物是不是被排擠了？我們老師說不可以排擠別人。」

（習慣補刀的小寶，果然毫不遲疑立刻出手。）

爹：「嗯！的確。像排擠別人這樣的霸凌問題大家應該多重視。」

（喂！不就讀個十二生肖故事，哪來這麼多有的沒有的啦？）

當天晚上，二個小子睡到東倒西歪時，他爹我失眠了。

都嘛是二個小子看繪本時問的問題害的。

但仔細一想，對呀！生肖這件事影響我們的生活習俗甚為巨大，每個人的生肖、過農曆年時安太歲、結婚時某些生肖不能出席、屬羊女嫁給屬虎男會被說是「羊入虎口」、圓明園的十二生肖獸首……。但它的源頭故

事卻這麼短短一千多個字混水摸魚的交待過去，與它在庶民生活中所帶來的龐大影響力相比實在說不過去。

想著想著，各式各樣的畫面在我的腦海不斷上演（頭腦瞬間變影城，還是IMAX+3D的那種）。

於是，沒辦法再繼續好好睡覺的我默默的從床上爬了起來，把剛才腦海內影城播放的畫面先寫了一部分下來。

隔天將這剛出爐約三千字故事開頭拿給兒子看後，兒子邊看邊笑，吵著要看後面的故事。就這樣，我每天在兒子的催促聲與笑聲中，一段一段的慢慢把這個名為《豬神權杖》的故事完成。

可以說，這個故事是由一個喜歡天馬行空、胡思亂想的老爹，被古靈精怪兒子的笑聲與期待聲孕育出來的。

話又說回來，無論身為教師或孩子的爹，我一直很注意孩子的閱讀能

力，特別是長篇閱讀。因為許多孩子在成長過程沒有好的引導，閱讀能力就只能停留在讀漫畫、短文及繪本這樣子比較淺薄的文本，對於將來廣泛的學習將帶來負面影響。《親子天下》形容這樣的現象為「閱讀之壁」。也就是說閱讀不只是閱讀，更影響未來所有科目的學習與理解力，甚至是想像力、創造力。因此，先進國家在孩子成長過程皆非常重視「閱讀」這件事。

當我發現孩子對十二生肖故事的討論，而試著將《豬神權杖》前面三千餘字完成，確認孩子對這樣的故事有高度興趣後，我便開始嘗試將故事有意識的拉長、完整化，加入更豐富的元素。最終，成功的將原本一千多字的十二生肖故事，改編成約八萬五千字的《豬神權杖》，而這也是兒子第一次閱讀這樣的長篇故事，成功衝破他的「閱讀之壁」。

這篇故事的最初雖然為自己的孩子而寫，但希望它也能有機會協助其他的孩子衝破他們的「閱讀之壁」。

—導讀—

我們所不知的十二生肖故事

林啟維

最初作者與我提及他所撰寫的這部兒童小說，其實是為了滿足他兒子對於傳統「十二生肖」故事的好奇心。為什麼只有這幾種動物參加？動物園裡那麼多動物都沒有參加嗎？

這些問題的答案，有的在千年傳承的經典故事當中可以找到；但如果希望滿足更多的好奇心，勢必需要用現代人的想像去填補。而《豬神權杖》正是一部這樣的小說，訴說著我們所不知的十二生肖故事。

故事以主角獅子王與他即將到來的生日開場。閱讀至此，我們也快速意識到獅子並非十二生肖的成員。究竟是什麼原因，身為尊貴、驕傲的萬獸之王，卻連前十二名的動物競賽都無法名列其中？讀者的好奇心被勾

起，期待著一頁接著一頁讀下去，找到解答。

《豬神權杖》的趣味之處在於故事中不斷出現的各種動物角色與互動，激起我們原本以為理所當然的好奇。天空中的鳥、海中的鯊魚，甚至獅子、狐狸，為什麼他們都不在十二生肖的榜單上？本書以充滿想像的細膩描述，填充了這部千年經典的空白。

每一隻登場的動物都有他們活靈活現的個性，反映著原生的自然特質。聰明又狡猾的狐狸、善良又慵懶的豬、自信又自大獅子，這些性格在競賽旅途中扮演著關鍵性的影響，最終也決定了他們的結局。值得一提的是，正因為這些特質是動物的「天性」，在故事中並沒有絕對的好與壞定論。所有的優點都可能伴隨著缺點；而缺點只要使用在正道，也可能帶來好的結果。

相較於古老的十二生肖故事，《豬神權杖》帶出了更多動物愛恨情仇，勾勒出故事完整的面貌。正如同知名漫畫《火鳳燎原》之於《三國演義》，虛虛實實的情節描述，讓讀者無法辨認哪些是原著，哪些是本書加油添醋的翻案內容。

《豬神權杖》不只是一部「豬神」的故事，更是動物界的「諸神」傳說。對於熟悉或喜愛傳統中國童話的家長與孩子，這絕對是一部值得一讀外傳小品。

林啟維，台大電機系畢業、擁有美國UCLA電機碩士。二〇一三年回國創立綿羊犬藝術有限公司，為初任執行長至今。綿羊犬為國內知名度與銷售量第一的教育、親子桌上遊戲原創品牌，並獲得多項國內外設計大獎。其產品以主題式、情境式的內容，將生態、文化、數理邏輯等知識融入遊戲中，為台灣孩子創造全新的學習扉頁。林啟維先生同時榮獲第一屆全國「未來30大人物」、並獲選親子天下雜誌「教育創新百大」。

目錄

一

獅王之怒

灑滿大地的陽光與鳥兒們到處嬉鬧的歌聲，配合著陣陣的花香及迎面拂來的輕風，真是讓人有說不出來的舒服感。

但是此時此刻，森林裡頭卻沒有多少動物敢來獅王的住處附近享受這美好的時光。

理論上，這該是一個令大家充滿愉快心情的日子，尤其對於獅子們而言，這種好天氣，許多動物都出來曬太陽，可是出去獵捕食物的最佳時機！但，再怎麼蠢的動物也可以感覺得到獅子部落裡所透露出的那股不尋常氣氛，所有的獅子表情都是非常難看，可說是鐵青著臉，因為他們的心情都非常的糟糕！

這樣的情形出現在身為森林之王的獅子族群裡是非常罕見的，因為在森林裡頭能難得倒獅子的事情可以說非常地少，但是如今這樣的情形居然已經在獅子部落裡持續了將近一個月。

「唉，也難怪獅王及所有的獅子們心情會如此地糟，連我都快看不下去了。再這樣下去，恐怕我們獅子一族以後再也無法在森林裡抬起頭來了。」正在喃喃自語的是獅族的重要大臣——灰尾獅。灰尾獅跟其他的獅子其實長得差不多，只是尾巴天生是灰色的，從小到大常因此而被嘲笑。但他倒是不因為這樣就灰心，反而極為努力的充實自己，可以說是獅子族群裡最博學多聞的。他也因此被獅王冊封為「軍獅」，幾乎部落裡所有大大小小的事項，獅王都會詢問灰尾獅的意見，也因此後來成為獅子族群裡頭受大家敬重的對象。那頭長著灰色尾巴的獅子，不再是獅子們嘲笑的對象，反而成了智慧的象徵、眾獅景仰的楷模了。

「嗯！身為軍獅的我一定要想出個辦法來，不然的話實在對不起我的職責，更對不起大家對我的敬重，可是這問題還真是難解決啊！」此時的

灰尾獅頭低低的，臉色憔悴、眼睛布滿了血絲，看得出來他已經很久沒休息了。

事情得從一個月前獅王的生日說起。

那天是獅王的生日，按照獅族傳承下來的傳統，在每年的獅王生日這一天，獅王必須親自率領所有的獅子到森林裡頭打獵，然後帶著戰利品回到獅王宮舉辦一場豐盛的生日派對慶祝。

一大早，獅王帶著許多的獅子一起出去打獵，灰尾獅則是留在部落裡督促負責布置的獅子們，好讓打獵的眾獅回來時有一個華麗漂亮的會場。

在森林裡，獅王率領著一群獅子，耀武揚威的準備親自獵殺幾隻動物回去豐富自己的慶生會菜色。身為獅王，大可不必這樣親自打獵，自然就有其他獅子幫他獵來許多獵物。但每年生日這一天，他就是想露露臉，在

眾獅子面前顯露一下自己的威風才行。

「噓，小聲。」躲在草叢後面的獅王，示意眾獅子們前方草原上正聚集著一群羚羊，要他們靜靜的看他表演。他當年能當上獅王，憑靠的就是再傑出不過的打獵本事，哪怕是腳程再快、再會躲藏、逃跑的獵物，只要被他鎖定，就不可能逃得掉了。他最喜歡享受獵下所有獅子都獵不到的獵物時，所有的獅子對他投射過來的崇拜眼神。

獅王鎖定目標，那是那群羚羊中最高大的一隻，而且從他強健有力的四隻腳來看，鐵定是隻腳程飛快的羚羊。這樣的羚羊，正是獅王最喜歡展露打獵絕技的對象。

獅王壓低身子，貼著地面，非常非常緩慢的靠近羚羊群，直到最適合的位置，獅王猛然從地面騰空躍進羚羊群中，羚羊們受到突然冒出的獅王驚嚇，立刻往四面八方快速奔跑逃竄，想躲避他的攻擊。

羚羊四面八方逃走的紛亂場面，一般的獅子很容易受影響而追丟目標獵物，但獅王就是有本事，憑著鷹眼般的視力緊盯著目標獵物不斷追上去，甚至獵物被其他奔跑中的動物給擋住，獅王也有辦法憑著直覺找出他隱藏的地方。那隻目標羚羊果然速度很快，就像風一般的在草原上快速奔跑，但無論羚羊的速度再快，獅王卻一直緊跟在後，而且不斷拉近距離。

「吼——」眼看只差一步之遙，獅王大吼一聲，準備用力一跳，撲上去咬住那隻羚羊，完成一次漂亮的狩獵。在臨跳前，他還故意在獅群前甩了甩他那頭漂亮的鬃毛，展現他的帥氣。

「啊——」準備跳出的那一剎那，獅王的腳忽然絆到了什麼東西，本來要撲出去的俊帥姿勢，忽然硬生生變成頭先著地，身體跟著翻過去，肚皮向上、四腳朝天的窘困模樣。原本在草叢後面舉起雙手，準備大聲鼓掌歡呼的獅群們，看到這一幕，差點連下巴都掉了下來。而原本被獅王撲

過來，心想大概要小命不保的那隻羚羊，當然趁機溜得遠遠的，還邊跑邊笑。摔得頭眼昏花的獅王，則是氣到頭頂簡直快冒出火來了！

「可惡！」躺了好一會兒，揉了揉摔痛的頭與身體，好不容易爬起來的獅王，查看了一下剛才絆倒自己的東西，原來是一塊凸起的大石頭。

「真是怪了！這片草原我再熟不過，哪裡冒出來的大石頭？」

「大王，您還好吧？」獅群們紛紛過來關心著，當然也看到了那顆大石頭。

「真是奇怪，我怎不記得這地方有什麼大石頭？」一隻獅子說出了獅王的心聲。

「可惡的大石頭，居然敢害我們大王跌倒。」幾隻比較巴結獅王的獅子，紛紛舉起腳，用力的踹了踹那顆石頭。

「算了，今天是我生日，不管如何，一定要親手打一隻獵物回去。」

獅王恨恨的說。不管身體剛才被摔的疼痛，一向最注重面子的獅王，帶領獅群重新踏上打獵的旅程。不過，這麼一大群聲勢浩大的獅群要不被其他動物發現，並不是件容易的事，尤其是剛才獅王撲殺羚羊群的消息，早就迅速傳開，許多大草原的動物早就對獅子們有了防備。迫不得已，獅王只好無奈的帶著獅群，躲在樹林裡，比較好藉著大樹隱藏他們的身影。

「啪！」躲在大樹背後的獅王，屁股被蚊子叮了一下，忍不住抬高腳往自己屁股一拍，卻是拍不到那隻蚊子。幾隻喜歡拍馬屁的獅子看到這樣的情況，紛紛衝了過來要幫忙打那隻蚊子，大家為了搶功勞，手腳速度飛快，獅王的屁股瞬間被一堆手腳同時擊中，腫了一大包不說，還被打飛了出去。

「你們到底在做什麼？」獅王摸著腫成一片紅的屁股，憤怒的咆哮著。獅子們知道闖了禍，一隻隻鴉雀無聲，呆立在原地。

就在獅王準備發作，好好教訓那群蠢部下時，卻瞄見一隻驢子正悠哉悠哉的在不遠處散步著，嘴巴還輕哼著歌，完全不知道自己的危險處境。

「噓！」獅群們順著獅王的眼光，自然也都看見那隻驢子，怕自己再闖禍，紛紛找樹木當掩護，不讓驢子發現他們的身影。

獅王躡手躡腳，壓低身子，腳步輕緩的慢慢靠近那隻悠哉散步的驢子。此時，剛經過獅王身旁的驢子，發現了一片鮮嫩的草叢，開心的轉身享受著他的大餐。而這一轉身，剛好背對著獅王。獅王心裡暗暗竊笑，這隻傻驢子即將成為他生日派對上的大餐，尤其那隻驢子肥美的屁股看起來肉多有彈性，滿美味的感覺。

「吼！」獅王向驢子撲了上去，照例吼了一聲，在眾獅子面前彰顯自己打獵時的威武雄姿。

「噠！噠！噠！」就在獅王的大嘴咬到驢子的那一刻，一陀陀黏呼呼

的東西不斷噴向獅王。原來那隻膽小的驢子聽到獅王的吼聲，嚇到噴屎。這下子，獅王雖然嘴巴還咬著驢子的屁股，但卻被他的屎噴得滿臉滿身，讓獅王陷入非常尷尬的情況。

「好臭哦！這隻驢子到底都吃些什麼東西，怎麼噴出來的屎這麼臭？」獅王猶豫著到底該不該鬆開嘴巴，趕快去把身體清洗乾淨比較重要，但又覺得已經到手的這頭肥美的驢子就這樣放他走，實在太可惜了。

「噗！」真正讓獅王決定鬆口的，還是驢子被獅王咬得屁股十分疼痛，驚慌之下又放了個響屁直噴獅王的臉上。

「天啊！這屁也太臭了吧！不是說響屁不臭的嗎？而且，我吃肉的，放出來的屁都沒你這麼臭。」獅王受不了的鬆開嘴，他得趕快去呼吸一些新鮮空氣，好擺脫那像世界末日般的臭味。驢子在獅王一鬆口後，馬上一溜煙逃的不見驢影。至於原本躲在樹木後準備好好欣賞他們心目中的英雄

——獅王的打獵英姿的獅群們，每隻都脹紅了臉顯得很難過的模樣，因為看到這一既尷尬又狼狽的場面後，他們全都要用盡全身的力氣憋住，才能忍住不大笑出聲音來。

獅王快速奔跑出森林，衝進溪裡，賣力把身上洗個乾淨，才終於敢大口的喘氣。獅群們在遠遠的地方看著這一幕，卻是不敢靠近，因為雖然獅王已經將身體清洗乾淨，但身上依然飄散著一股很噁心的臭味。

獅王看到獅群們似笑非笑的臉龐，知道剛才出糗的那一幕，通通被他們看見了。既生氣又羞愧的獅王，自顧自的往宮殿方向走回，因為本來想要打些獵物回家辦慶生宴的愉悅心情全沒了。獅群們見獅王的模樣，也只好遠遠的跟在獅王後方回去。

獅王垂頭喪氣的走著。

「獅王，您看前面。」後方一陣窸窸窣窣的小聲音，顯然是獅群們

看到了什麼東西在提醒他。獅王抬頭一看，是一隻看起來年紀很大的老野豬，正在離他不遠的前方舉步維艱，右後腿一跛一跛的緩慢走著。

「咦！」原本已經沒心情打獵，準備回家的獅王，此時心中反覆考慮著。他用眼角的餘光瞄了一下跟在他身後的獅群，知道他們不忍心看他空手而歸，所以小聲的提醒他有這隻野豬的存在。更何況，如果真的就這樣空手而歸，在他的慶生宴上，就少了一道美食讓獅群們享用。雖然這隻野豬看起來年紀很大，肉質應該又老又硬，不是很好吃，但此時的他已經管不了這麼多了。

「好吧！看我的。就不相信連這麼一隻七老八十的老野豬，我都搞不定。」話雖如此說，獅王還是壓低身子，緩慢的往那隻老野豬靠近。

「奇怪了！」此時的獅王已經十分接近老野豬，而且他完全不敢站在老野豬的屁股後方。有了剛才的經驗，獅王內心知道，他至少會有好一陣

子，看到動物的屁股會有心理障礙，但照理說，他這麼靠近老野豬，又是位於他的側面，無論如何，他也應該看到獅王而趕緊逃命去了。但他完全沒反應，依然一跛一跛的緩慢向前走著，搖搖晃晃的身軀，彷彿隨時會倒下來似的。

「小心！」老野豬似乎踢到了什麼東西，身體往前倒，獅王直覺的扶了他一把。

「是哪隻好心的動物，謝謝你呀！」老野豬用他蒼老沙啞的聲音，對扶了他一把的獅王表示謝意。獅王本來要把這隻老野豬當成自己的獵物，此時卻又幫了他一把，內心顯得既尷尬又矛盾。而且，他伸出手在老野豬面前揮了揮，卻發現他沒任何回應，才發現老野豬的眼睛似乎看不見東西。

「不客氣。」獅王一邊回答，一邊看著這隻猶如風中殘燭的老野豬，

張大著嘴巴猶豫著到底要不要一口咬下去。照理說，這樣一隻又老又瞎又跛腳的老野豬，連當他的獵物資格都沒有的。可是，獅王往後瞄時，看見獅群們殷殷期盼的眼神，彷彿在告訴他：快下手吧！再不下手，今天的生日宴會就少了道美味料理了。

「吼！」獅王管不了這隻老野豬夠不夠資格當他的獵物，先咬再說了！儘管這隻老野豬又老又跛又瞎，移動也遲緩，但怕再有什麼意外，獅王這次用力張大嘴巴咬了過去，但當合上嘴巴時，他卻發現什麼東西也沒咬到，而且因為用力過猛，他似乎聽到牙齒崩裂的聲音。轉眼一看，才發現那隻明明本來就在他眼前的老野豬，這時卻離他有十步之遙。

「可惡，見鬼了嗎？」獅王彷彿已經感到背後獅群們的嘲笑聲，連這樣一隻老野豬也搞不定，別說身為獅王，就算只是一隻普通獅子，也沒有臉在森林中行走了。

「吼！」獅王再度往老野豬方向撲了過去，卻又再次撲了個空，老野豬一轉眼又移動到不同位置，而且更氣人的是，那隻老野豬似乎不曉得發生了什麼事，連腳都沒踏出去，身體就已經移動到遠處。

「現在要移動身體都不用腳了是吧？我就不信邪。」氣瘋了的獅王，不斷的朝老野豬撲過去，但無論他怎麼努力，搞得筋疲力盡，卻是怎樣也無法再靠近老野豬，更不用說咬到他了。

「年輕人，你在運動嗎？」瞎了眼的老野豬，聽到耳邊不停的傳來呼、呼、呼的聲音問道。「運動對身體很好，要多運動，年紀大了身體才不會像我一樣體弱多病。」老野豬像是個長者般的關心著，絲毫沒有感覺到自己剛才的處境有多危險。

「是，我在運動，準備吃豬肉。」獅王沒好氣的說道。

「哪來的豬肉好吃啊？」老野豬不解的問道。他年紀大，腦袋也有點不靈光，患了「老豬痴呆症」，早就忘了自己就是隻豬。

「我是隻獅子，你是隻豬，我準備吃掉你。」快氣瘋的獅王，一字一字加重語氣的說道。

「蛤！你是隻獅子？我是隻豬？」老野豬忽然想起，自己果然是隻豬。「完蛋了，我要被吃掉了！」驚嚇過度的老野豬，忽然「咚」的一聲，昏倒了過去。

「什麼呀？」看到老野豬忽然昏倒在地上，獅王也嚇了一跳。「都已經昏倒在地上了，看你還能逃到哪裡去？」獅王心一橫，往昏倒的老野豬撲咬了過去。在以前，像這樣子嚇到昏倒的獵物，他才連理都懶得理呢！

「啊——」眼見著嘴巴就要咬到老野豬的身體，天空忽然傳出一聲響雷，然後一陣閃電直接劈中獅王。獅王倒在地上，全身的皮毛被燒的焦黑，身體不斷抽動。

「獅王，你還好吧？」獅群們見到突然發生的意外，都嚇了一大跳，連忙衝過來關心。

「我……我……」獅王昏了過去。

獅群們慌亂的連忙七手八腳把獅王扶回去。

「這是在什麼地方呀？」被獅群扶著的獅王在半途中醒來，迷迷糊糊的問道。

「獅王，這是往回去的路上啊！」獅群回答。

「回去？為什麼要回去？我們不是要打獵嗎？」獅王說。

「獅王，你現在這樣子，不適合再打獵吧？」

「咦！天呀！」獅王順著獅群的眼光，往自己的身體一看，他一向最引以為豪，讓他有獅界美男子之稱的漂亮皮毛，現在居然一片焦黑。這一嚇，讓他也瞬間想起在昏倒前發生的所有事情。「可惡的老天爺，為什麼

要這樣對待我？難道我生日打個獵也有錯嗎？爛老天爺，叫大家怎麼信服你。今天是本大爺生日，就不能讓我好好打個獵慶生嗎？」

「你要慶生，不一定要打獵啊！摘些花草水果來慶祝，也很不錯嘛！」獅王剛才那句話只是發洩一下情緒，沒想到居然真的從天空中傳來回應，讓他嚇了一大跳。

「老天爺，你明明知道我是頭獅子，怎麼可能不打獵，只摘些花草水果慶生呢？」雖然面對的是老天爺，獅王的語氣中還是顯得忿忿不平。

三

豬神降臨

「碰。」就在獅王嘴裡不斷埋怨老天爺的時候，忽然眼前一陣金光閃耀，並伴隨著爆裂聲。

「啊？」獅王及獅群們，都嚇了一大跳，趕緊往後退。金光退去，只見不曉得什麼東西，跌落在地面。

「哦！痛死了。怎麼已經練習這麼多次，還是沒辦法順利降落？」一隻豬從地面掙扎著站起來。

「咦，豬王，是你？」獅王捏著鼻子問道，因為眼前的這隻胖胖豬，就是在森林裡以貪吃、愛睡，又不喜歡洗澡聞名的豬王。從他顯得髒污的身上，飄來陣陣的異味，讓獅王及獅群聞了都一陣頭暈。不過在他的手上，卻握著一隻與他骯髒的身體極不相稱，金光閃耀的精美權杖，權杖上面還有一顆顯然是以寶石雕刻而成的精美豬頭。

「對啊！是我。好久不見。」豬王熱情的說道，並伸出手想跟獅王握

手，獅王卻是連退三步，避開了豬王那隻不曉得沾了什麼東西，顯得有點油膩的手。而獅王身旁的獅群們，對豬王也都露出不懷好意的眼神。

「你幹嘛突然出現在這裡？」獅王問道。

「因為剛才聽到你在咒罵老天爺，所以我才趕緊從天上下來阻止你，免得你將來被處罰。」豬王的表情顯得有點擔心。

「難道老天爺不該被罵嗎？今天是我的生日，結果我心情愉快的想打個獵，卻弄成這樣。」獅王看著自己身上那被燒焦的皮毛，忍不住怒氣上來，又是一陣連續的咒罵。「可惡的老天爺，爛老天爺。」

「獅……獅王，你不要再罵了。不然被老天爺聽到，他老人家一生氣起來，你會很慘的。」豬王著急的要獅王趕快閉上嘴巴，停止咒罵，他很擔心獅王被老天爺處罰。「你如果真的要怪，就怪我就可以了。因為，剛才那道閃電是我發動的，一點也不關老天爺的事。」

「你……你憑什麼發動閃電？」獅王不屑的問道。但話才剛說完，他就知道自己說錯話了，因為他看到豬王的那枝權杖。

「因為……我……今年輪值，嚴格說……現在……其實……你要叫我豬神……才對。」豬王一邊結結巴巴的說著，一邊不好意思的臉紅了起來。

「你……憑什麼能輪值當神，你不配。」獅王怒吼著。看到豬王手上的那枝權杖，讓他又勾起許多傷心往事。「那枝權杖，本來應該屬於我的。」

「獅王……你……說得對，我其實……一點也不想當什麼豬神。要不是……老天爺……堅持我非當不可，我……真想把這個位置……讓給你。」聽到獅王的怒吼，讓豬王講話的聲音有點發抖。即便他現在是個神，根本一點也不需要害怕獅王。

「我現在不想談這個。」獅王看到發抖的豬王，內心一陣嘲笑，卻也替自己感到難過，當年居然輸給這隻豬王，所以他不想再提起這件悲傷往事。更何況，他要搞清楚，剛才豬王講的話是什麼意思。「喂！我問你，你剛才說那道閃電是你發動的，是什麼意思？」

「就是那道閃電是我發動的啊！」豬王以為自己沒講清楚，特別大聲的又講了一次。

「所以，我的皮毛會燒焦，是你害的？」獅王講話的聲音，已經夾雜著生氣的怒吼聲。

「呃！別……別……別生氣，你……聽我……解釋，我……不是……故意的。」看到獅王一生氣，豬王又開始講話結結巴巴的。

「你給我快點講。」獅王已經不耐煩了。

「因為你剛才想要吃掉的那隻山豬，其實是我的叔公。但說真的，我

其實沒有私心，想袒護自己的親戚。而是說，他的年紀都已經這麼大了，更何況，他還是個瞎子，行動也不方便，你這樣把他吃掉，實在是太殘忍了點，所以我才阻擋了你。」整理好自己發抖的情緒後，豬王一口氣把剛才事情發生的原因講清楚。

「好，就算你要阻擋我吃掉你那隻又瞎又跛的叔公，你就把他救走就好，也不必用閃電轟我吧？」知道事情的原委後，他對豬王用閃電轟他，更是感到不可原諒。

「我原本想法也跟你一樣，想把他移走就好。哪知道我前幾次要一口氣把他移到你看不到的地方，但這枝權杖卻是不太靈光，不論我怎麼移，都只能將叔公移動到離你不遠的地方。」豬王指了指手上的那根權杖，一臉無奈的表情。「後來叔公昏倒之後，你停了一下，我以為你要放棄了，哪知道你又突然撲上去咬他，我情急之下很本能反應的就發動閃電打了下

去。只是……只是……」豬王講得有點吞吞吐吐。

「只是什麼？」獅王沒好氣的問道。

「只是，那個擊發閃電的技術，我一直沒練好，從來沒有擊中過我心裡頭預設的目標。所以，我本來想把閃電打在你前面嚇退你，哪知道卻擊中你了。對不起嘛！」豬王一臉真誠的為他的失誤向獅王道歉。

「呼，氣死我了。你這豬神怎麼當的？簡直亂七八糟的。」獅王聽到豬王的解釋，已經氣到不曉得該說什麼才好，他今天一場愉快盛大的生日宴會，還有他一身帥氣迷人的皮毛，通通被眼前這隻笨豬給毀了。「你以為說聲抱歉，我就會原諒你嗎？你看我這身原本帥氣的皮毛，被你搞成這樣，叫我以後怎麼見人？」

「你……別生氣嘛！我幫你把皮毛變回來。」豬王說完，還頭低低的，向獅王行九十度的鞠躬禮，表示最大的歉意。

「你把我的皮毛搞成這樣，把它變回原本的樣子，本來就是你應該做的，但我不會這麼輕易原諒你的。」獅王忿忿的說。

「好，你別著急，我現在就立刻幫你把身上的皮毛還原，而且保證比原來的還好看。」豬王一邊安慰著獅王，一邊舉起權杖，口中唸唸有辭。

「變！」豬王舉起權杖指向獅王。

「這什麼東西呀？」獅王只見身上原本的焦黑不見，但取而代之的卻是一身的粉紅色，鬃毛上還多了個小花蝴蝶結。「你到底在變什麼啊？」獅王的聲音幾乎是用嘶吼的。

「呃喝！」一旁的獅群看到獅王的新皮毛，都在內心暗笑，卻又不敢笑出聲，憋得很難過。

「你不覺得這種粉紅花色很美很好看嗎？尤其配上一朵小花蝴蝶結，有股說不出的魅力。當年我最喜歡的母豬阿美，身上就是這種迷人的粉紅

色，讓我著迷到茶不思、飯不想，連睡覺做夢都想到她。你要不要考慮一下？」一看到眼前全身粉紅的獅王，就讓豬王想到阿美，重新回憶起那種初戀的感覺，臉上不禁起了一陣紅暈。

「我……不是一隻母豬，更不需什麼迷人的粉紅色，也不需要什麼小花蝴蝶結，你只需還我原本的樣子就可以了。」獅王講這句話時，可以聽到自己因為火冒三丈，緊握的拳頭所傳來的「喀、喀」聲音。

「哦，我本來想說剛才失誤用閃電劈到你，所以幫你把毛色變得更迷人，補償你一下。既然你還是比較喜歡原來的樣子，那我知道了，讓我們重新來過。」只見豬王拿起權杖，再度唸唸有辭。「變」豬王手中的權杖，再度指向獅王。

「你……到……底……在……變……什……麼……鬼……東……西？」獅王看到自己身上原本應該是略帶金黃色的帥氣皮毛，現在卻是土

色與深咖啡色夾雜，有些地方還像是被翻倒的果汁給潑灑到，還有好幾塊深淺不一，活像是被燙傷後，傷口化膿的噁心黃色……獅王已經氣到一句話都快無法好好說完了。

「對……對……不起。我……忘記獅子……身上……的顏色了。」豬王知道自己又出包，連忙道歉，但他真的很努力回想，卻想不起一隻獅子身上所該有的正確顏色了。

「我後面有一群獅子的顏色可以讓你參考，請你直接選一隻最帥的，把我的皮毛顏色變得跟他一模一樣就可以了。」獅王強忍著怒氣，指了指身後獅群中一隻最帥的獅子。

「啊！你真是聰明，這麼好的辦法，我剛才怎麼沒想到？」豬王拍了拍自己的豬頭，有點懊惱的說道。「所以，你要複製那隻獅子的皮毛顏色是嗎？」豬王怕自己再度出錯，指了指那隻帥氣的獅子，跟獅王確認。

「對。」

「好，我立刻幫你處理。但……請你先等一下下。」「我記得權杖有一個『複製—貼上』的功能，你等我一下。」豬王掏出隨身攜帶的筆記，很仔細的翻找那個「複製—貼上」的功能。獅王看著低頭研究筆記的豬王，實在很想張開嘴巴往他那顆豬頭咬下去，但終究怕老天爺的嚴厲處罰，最後還是又把嘴巴乖乖合上。

「啊！有了！」豬王一邊看著筆記唸唸有辭，一邊將權杖指向獅王。

「碰！」獅王身上的皮毛，已經變得跟他指定的獅子一模一樣。這次豬王沒有出包。

「這次變回的皮毛，你還滿意嗎？」豬王戰戰兢兢的問道，生怕自己哪裡又出錯。

「嗯！」

「雖然這身新皮毛，無法跟我以前那身帥氣有型的皮毛相比，但也只能先委曲求全將就著點使用。」獅王心想著，不敢再讓豬王對自己身上的皮毛施法，免得又橫生其他不可想像的意外。

「還有其他事情需要我幫忙嗎？」豬王小心翼翼的問道。

「你快消失在我眼前，我不想再見到你了。」獅王對今天好好一個生日，被豬王搞得一塌糊塗，心中的怒氣一直無法消掉。

「好，我知道了。」豬王聽到獅王叫自己趕快消失，正好合心中的意，因為站在獅王前面，總會讓他有一股莫名的緊張與壓迫感。「那我先走了，大家再見。」豬王很有禮貌的向獅王及獅群道別，然後轉身用隱身術離開。只是他不知道自己的隱身術只施展一半，還有半顆豬屁股露出來。

獅王看著那半顆豬屁股在半空中左搖右晃的慢慢往森林方向移動，越

看越生氣，從地上撿起一顆石頭就丟了過去，沒想到真的丟中了那半顆豬屁股。

「唉唷！」豬王忽然感到自己的屁股被什麼東西丟中，傳來一陣劇痛，不禁慘叫一聲。但這陣劇痛，卻讓他忽然想起一件事。

「咦！這隻豬王到底在搞什麼鬼？難道他知道那顆石頭是我丟的，要來找我報仇？」獅王看到那半個豬屁股走到一半，又往回走，朝他們的方向走過來，然後豬王再次現身。「沒關係，要找我報仇就儘管放馬過來。」

「獅王，……不好意思，有件事情，我想拜託你。」重新回到獅王面前的豬王一臉誠懇說道，看起來一點也不像是要回來報仇。

「什麼事？你又跑回來想跟我說什麼？」獅王沒好氣的說。

「我知道你是一隻獅子，所以打獵本來就是你天生會做的事。只是，

有時候老弱婦孺，是不是可以同情他們一下，別把他們當成打獵的對象。像剛才那隻羚羊，其實已經懷孕，是個孕婦。你獵殺了她，她肚子裡的小寶寶也會跟著死掉，真的很可憐。」想到剛才羚羊差點被獅王獵殺，豬王還是替她捏了一把冷汗。

「所以……剛才地面上突然冒出來的那顆大石頭是你搞的鬼？」聽到豬王的話，獅王忽然想起他剛才被那顆突然冒出來的石頭絆得四腳朝天的糗事。

「是啦！我這樣也算是在幫你做好事，不過這是舉手之勞，你不必謝我，不然就顯得太客氣了。」豬王心想，剛剛幫了獅王一把，讓他不至於誤殺懷孕的羚羊，他應該會很感謝自己才對。

「你……所以，剛才那隻驢子，也是你搞的鬼？」本來想對豬王破口大罵的獅王，忽然想到剛才對他噴屎又放臭屁的驢子，那股噁心的味道，

彷彿還飄散在他身上。

「哦，你說的那隻驢子生病，本來腸胃就不太好，我本來想幫他，避免你誤傷了生病的他，但我還沒動手，就看到你急急忙忙的跑開了。所以，這件事我其實還沒幫上忙，因此你也不必謝我。」豬王說明著。

「我……你沒事可以消失在我眼前了。」獅王已經不曉得該說些什麼才好，他只知道現在完全不想再看到這隻豬了。

「好的，那沒事我先走了。記得我提醒你的事哦！再見了！」豬王再次施展隱身術離開。

「唉！」獅王看著朝樹林走去的半顆豬屁股，心中不免想起十二年前的那場比賽，自己怎麼會輸給這隻豬王？要不然現在輪值當神，威風的拿著權杖掌管天地的，就是他了。獅王一邊搖頭、一邊嘆氣。「那隻閃閃發亮的權杖，跟我威風帥氣的外表，才是絕配啊！」

十二年前……

十二年前，那場將會永遠流傳千古的比賽……

十二年前，獅王終究是以一些些的差距，輸掉了那場將永遠流傳千古的比賽。

三

玉皇大帝累了

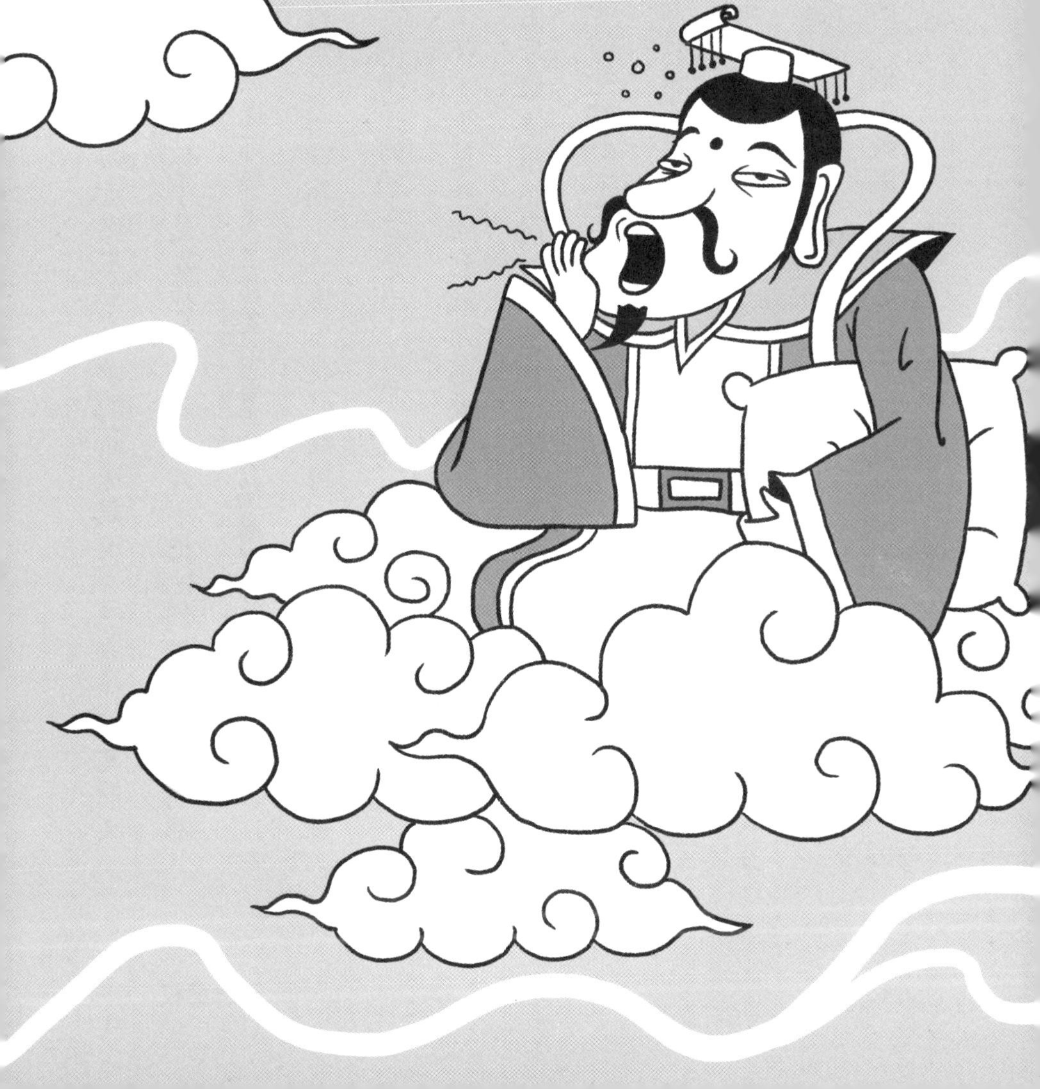

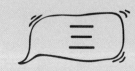

王母娘娘滿臉憂心忡忡的走進玉皇大帝的臥房說道：「老伴，凡間又有一大群動物在向你祈禱，似乎是在抱怨陽光太大，把他們要吃的果樹都給曬死，他們也熱得快無處可躲了。你要不要先去協助處理一下？」

玉皇大帝長長的噓了一口氣：「唉，我好疲憊，先休息一下，晚一點再說吧！」玉皇大帝懶洋洋的躺在床上，看來一點都沒有起床的意思。

王母娘娘：「老伴，你這陣子到底是怎麼啦？每天都是無精打采、提不起勁的樣子？」王母娘娘雖然掛心著動物們的祈禱，但是她現在心裡更擔心的是，玉皇大帝的身體是不是有什麼狀況。

億萬年來，一向神采奕奕、精力充沛的玉皇大帝，總是能心思細密的處理好每天成千上萬的大小事情，而且很少會有出差錯的情形。然而，這二、三個月來，玉皇大帝似乎變了一個人似的，每天出的大小紕漏不斷。更何況，玉皇大帝失手的一個小紕漏，到了地上，可就足以引發大災害了。

就好比說，玉皇大帝在控制雨量，準備好好滋潤那些地面上的植物，讓那些埋在土裡的種子，得以順利的發芽成長。但一向唸咒精準的玉皇大帝卻少唸了一句結束咒語，導致雨勢下個不停，在地面形成大洪水，不但花草樹木被淹死，連那些剛冒出芽的種子都被大水給沖走了。可憐的動物們，更是全部瑟縮在高處不敢出來，一些不會游泳的動物，更是被大水沖走到遠方。

要下雪時，卻忘了控制雪的軟硬大小，讓下雪變成下冰雹，大大小小的冰塊由天空往地面砸，把原本在地面快樂嬉戲追逐的動物們砸得滿頭包，四處躲避無門。各種農作物、果樹，更是被這些如拳頭大小的冰塊給砸得稀巴爛。受傷的動物們，還得拖著身子，在毀損的果樹中找尋爛掉的果子來填飽肚子。

打雷時打得太大力，一堆動物被電昏，倒在地上口吐白沫，醒來之後

還發現他們的家都給森林大火燒毀而無家可歸。

前一分鐘還悠閒躺在草皮上享受微風輕撫，下一分鐘卻被忽然而至的龍捲風追得四處逃的動物們，對這樣怪異的情形，漸漸習以為常了。

更慘的是前天，玉帝正在天上巡視時，居然不小心把腳上的鞋子給弄掉了。這隻鞋子掉到地面，引發了超級大地震，造成極大的災害，許多動物們的家，都在這場震災中倒掉了。

也因此，這一陣子以來，每天都有許多動物在向上天祈求，希望趕快停止最近這種風不調、雨不順，一片怪異的天地運轉。

其實，以往擁有一顆仁慈心腸的玉帝，偶有不小心失誤，都會馬上補救，聽到動物們祈求的心聲時，更是會立刻小心翼翼的處理。但是最近的玉帝，卻是三天一小錯、五天一大錯，聽到動物們的祈求心聲時，不但懶洋洋的無心去處理，反而顯得非常煩躁。雖然王母娘娘勸了玉皇大帝好幾

次，但情形不但沒有改善，反而越來越嚴重。王母娘娘眼見這樣的情形再繼續下去，地面的動物們恐怕要受到更多的災難，因此心裡盤算著要如何才能解決目前這樣的情形。

王母娘娘：「老伴，你現在這份工作做多久啦？」

玉皇大帝：「多久？這個問題還真是難回答，我想如果把每一天的時間當成一滴水，恐怕都可以變成一片大海了。」玉皇大帝仔細的回想，在盤古開天闢地時，就已經開始這份掌管天地的工作，真的要仔細算，還真是不曉得從何算起。

王母娘娘這下猛然驚覺，原來一個不留意，時光流逝居然如此之快，玉皇大帝已經為了天下蒼生的瑣事操勞如此之久，或許問題就出在這吧！

「老伴，你還記得上次休假是什麼時候嗎？」

「如果我沒記錯的話，好像是八百多年前，海龍王要娶媳婦，我偷偷

休息了半天去喝喜酒。」玉皇大帝無奈嘆了口氣：「最近這八百年，天上的神仙們都不曉得躲到哪去修煉了，也沒聽說誰家要辦個喜宴還是什麼聚餐的，讓我可以明正言順的偷偷休息一下。」

「玉皇大帝應該是職業倦怠症吧？」王母娘娘心想，因為她聽得出玉皇大帝想要丟下工作，出去放鬆一下的心情，偏偏他又是個責任心很重的神，所以即便再累，依然每天不分日夜的辛勤工作著。

「老伴，我們去度個假吧？」

「怎麼可能，每天這麼多事情要處理，如何去度假呢？」玉皇大帝搖了搖頭。

「也許，你可以考慮找個代班神來代替你的工作呀！」

「找代班神更不可能了，天上的神仙們，都有各自修煉的課程要進行，更何況他們平常很少跟地面的動物們接觸，根本不曉得他們的需求，

所以無法了解掌管天地之間的奧妙與技巧。」

「你說的的確有道理，但像你現在這樣子不斷出問題，天下蒼生恐怕也得隨著你這樣的情形，有吃不完的苦頭。」

「這就是我最近很煩的原因，總覺得身上好像壓著千斤重擔，但又沒辦法放下手邊的工作，感覺快喘不過氣來了。」講到這，玉帝不禁又嘆了口大氣。

王母娘娘了解玉帝的為難之處，但又想著是否有其他的解決方法，所以不停的來回走著。忽然，王母娘娘靈機一動，想了一個好主意。「天上的神仙們既然沒辦法幫得上你的忙，那我們可以往地面去找呀！」

「地面？」玉帝滿臉疑惑。

「是呀，地面上有那麼多的動物，每種動物群都有他們自己的領袖。這些領袖都有著豐富的管理經驗，而且他們也最知道地面動物們的情況與

需求，只要加以訓練，或許能找到不錯的代班神，那你就可以明正言順地好好休息一陣子去度個假啦！」

玉皇大帝對於王母娘娘這個提議想了一會兒，覺得這個辦法似乎可行。

「也許可以試試看，只是要挑哪些動物的領袖來擔任這個職務呢？」

「基本上，你這個職務需要全年無休，因此最重要的就是體力，所以我們不妨來場比賽，挑選出體能最好的動物，或者能夠靈活運用智慧來彌補體能不足的動物領袖，他們將會是我們選擇代班神的好對象。」王母娘娘已經幫玉皇大帝把辦法都給想好了。

「好，就這麼辦！」玉皇大帝決定試試王母娘娘的提議。

「但你平常要負的責任太大，也太累了，就算是你都承受不住了，更何況地面的動物族王們？」見玉皇大帝同意自己的看法，王母娘娘繼續說道。

「妳的意思是？」玉皇大帝知道王母娘娘會這樣說，一定是有些想法。

「是這樣的，如果你把所有的權力與責任，都只交給某個動物族王，那麼時間一久，他很可能會累垮。而且，在沒有競爭比較的狀況下，他也有可能會偷懶，或濫用你暫時賜予他的法力。」王母娘娘頓了一下，接著說。「所以，我認為最好的方法，就是在比賽中多錄取幾個動物族王，讓他們輪流代理你的職務，每一位只負責一年，全部輪完之後再重來。這樣的話，他們每忙完一年，就可以休息幾年，不至於過度勞累。再者，彼此之間一定會想要展現最好的表現，不致於偷懶，互相監督比較，也讓他們不會濫用自己所擁有的力量。」

「哇，妳想的辦法還真是詳細周全，真是太棒了！」玉皇大帝打從心底讚嘆王母娘娘所提出來的方案。

「這個辦法，我們一定要事先想得很仔細，讓這些被選出來的動物族王們，能真正擔負起代理你職務的任務。否則一旦出了差錯，相信以你那

麼重的責任心，一定又放不下回來自己做，那到時候你想休息一陣子的計畫，不是又泡湯了嗎？」事實上，在跟玉皇大帝討論這件事前，王母娘娘早就把計畫的細節都想得差不多了。

「真是謝謝妳，幸好有妳在身邊想出如此貼心的計畫。看來，我這次真的有機會好好的放個長假，好好的休息放鬆了。」玉皇大帝感激的看著王母娘娘，並緊緊的握著她的手。

「別客氣了。這次你要是真的能好好放個假，我也能跟著你四處遊山玩水。」王母娘娘笑著說。「只是，要選幾位動物族王來輪值，你覺得呢？」

「我的想法是……」

玉皇大帝與王母娘娘就這樣，你一言，我一語，不斷地討論，讓他這次尋找代理人的計畫更為完善，能讓他們成功的、好好的一起去渡個假。

四

動物總動員

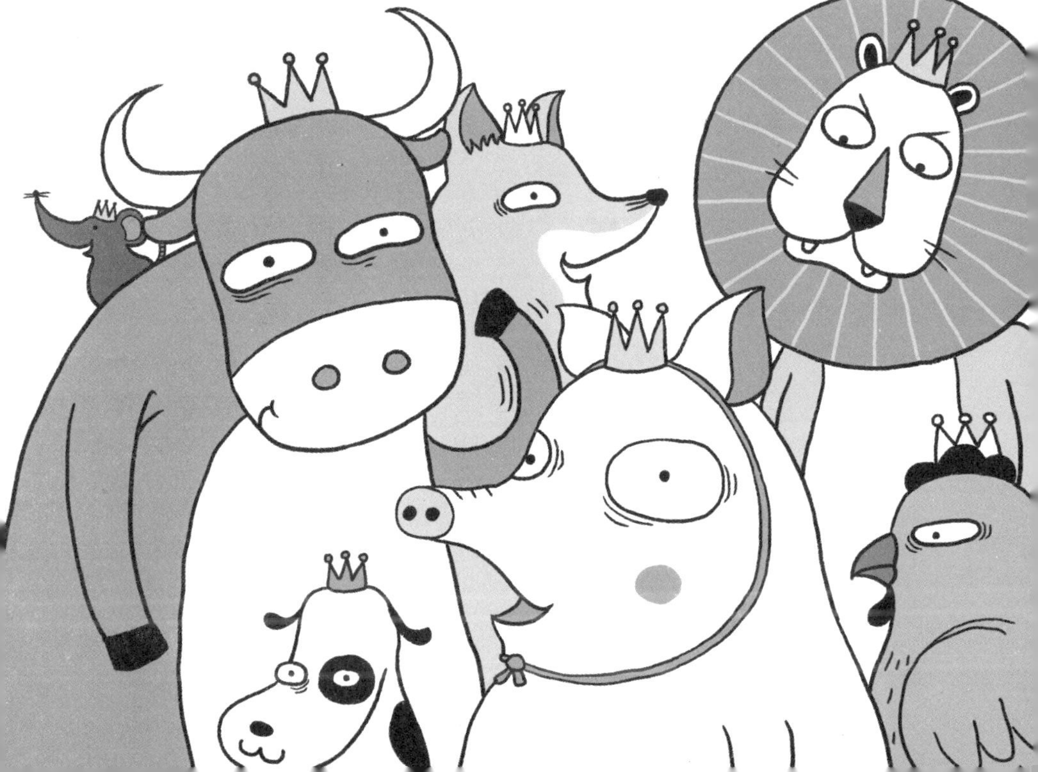

一個月前，森林各處忽然被貼上一張張的告示，上面的內容要各動物族群的族王，在一個月後到指定的山上，玉皇大帝在那天，將有重要事情親自向大家宣布。

對森林中的動物而言，這可真是一件不得了的大事呀！因為雖然大家一遇到什麼重大的事情或災難來臨時總會向玉皇大帝祈求禱告，但從來沒有任何動物親眼見過玉皇大帝，因此對於這一次玉皇大帝居然要親自面見所有動物族群的族王，都感到既驚奇又興奮。

這個月的時間顯得如此漫長，所有的動物族王，都用最期待的心情，來迎接這個他們一輩子中最重要的大事。好不容易盼到聚會的日子，大家莫不以最隆重的心情來到山上，準備親眼見到這位掌管天地的神仙，及聆聽他是否有什麼指示。許多動物族王在出發前，為求慎重，還特地的精心打扮一番才出門，因此，雖然這天是個快要下雪的寒冷天氣，但動物族王

們一點也不在乎。

到了昭告的這一天，所有動物族王都群聚到指定的山頭，準備聆聽玉皇大帝的指示。就在大家屏氣凝神等待的同時，忽然一道金光從天上射到山頭，並伴隨著轟隆隆的聲音，快被閃耀的金光逼得幾乎睜不開眼的動物族王們紛紛退到光圈外頭。

忽然間，轟隆隆的聲音不見了、金光也消失了。

當動物族王們再次睜開眼，才發現山頭上多了一座雄偉的建築物。

「哇！……」動物們的讚嘆聲此起彼落，因為他們見識到玉皇大帝的無比神力。

「所有動物族王們，請聚集到宮殿前的廣場。」從天上傳來明亮而宏偉的聲音。

大家心裡都知道，這就是玉皇大帝的聲音了，所以都開心的加快腳步

往宮殿邁進。宮殿前黑壓壓的，擠滿了來自四面八方的動物們。「哇塞！這棟宮殿還真是漂亮啊！」森林裡的動物們不由自主的，打從心底對著眼前這棟美侖美奐的龐大建築物，發出一聲聲的讚嘆聲！「要是能在這住上一晚，就太幸福了。」

所有剛上山的動物族王們還沒見到玉皇大帝，就已經先被這座雄偉宮殿給震撼了。不過仔細定眼近看，就可以發現它的外觀由十二座內凹中空的牆壁及一個巨大的拱門所組成，牆壁上似乎該有點什麼裝飾的東西，只是現在都是空蕩蕩的一片。

「大家請安靜！」天上再次傳來明亮而宏偉的聲音。顯然，玉皇大帝並不想現身在大家面前，這讓動物們顯得有點失望，不過大家還是趕緊豎起耳朵，想要聽清楚玉皇大帝的每一個字句，了解為何玉帝會找大家來此處。

「今天召集大家來到這裡，是有件非常重要的事情要宣布。」從天上繼續傳來聲音，雖然明知無法親眼看到玉皇大帝，但是幾乎所有的動物都抬頭望著天空仔細聆聽。

「在這數萬年以來，我肩負著掌管天地的責任，雖然看似風光，但其實辛苦異常。為了讓日月得以順利運轉、讓雲雨得以及時滋潤大地、讓陽光得以普照植物花朵，幾乎從未曾休息。最近覺得體力與精神都在一個極度疲憊的狀態，所以掌管天地的事務經常出差錯，這也就是為什麼你們最近會經常遇到各種異常的天氣狀況。因此，我決定要好好的休息一段較長的日子，這樣才能讓我的體力精神重新恢復到顛峰狀態。不過，天上一天，地上一年，所以我休息的這段時間，對於地面上的大家而言，將會是一段漫長的歲月。因此，這段時間我將尋找十二位可靠的動物族王，來協助我分擔這掌管天地的任務。這個任務雖然辛苦，但也是一種莫大的榮

耀。」

玉帝講到這裡，下面已經一片鼓譟，有些動物不相信玉皇大帝也會有需要休息的時候，有些動物則急著想知道，要怎麼才能擔任掌管天地的任務……

「大家稍安勿躁！」頓了一口氣，玉帝接著說：「因為各動物族群的領袖，平常就負責管理你們的族群，相信你們都具備了充分的管理能力。而且，對於地面上動物們的需求，也是極為了解。因此比較需要考驗的，就是你們能擁有足夠的能力來應付一整年的繁重工作，所以我將舉辦一場比賽來測試大家的能力。一個月後，請大家比賽誰先度過你們右手邊的這十二座山，先到達的十二位動物領袖，將可以成為我的代班，分擔掌管天地的任務。」

所有的動物們都在狐疑，因為他們往右邊一看，不是一大片平地嗎？

哪來的大山？

不過就在他們轉頭之際，發現山頭右邊的這一大片平地，居然就在他們眼前不斷隆起，硬生生的冒出十二座高聳入雲的超級大山來。

「哇！太神奇了……」動物們莫不嘖嘖稱奇眼前所看到這驚人的景象，各動物族群領袖在見識到這偉大的力量後，也開始在心底盤算著如何通過考驗，享受掌管天地的偉大力量。

「你們眼前的這座宮殿，名為十二生肖宮。比賽的時間，就在一個月後那天的第一道曙光射在這十二座山的第一座山頭時出發，最先通過考驗的前十二名動物領袖，將能夠成為我的代班神，並留名十二生肖宮，他們的雕像也將得以被安置在這十二生肖宮的牆壁，及那座爐子上的十二把權杖上，代表他們掌管天地的辛勞與榮耀。更重要的是，他們將獲得我傳授的法術，在輪值的那一年，將具資格握權杖，擁有掌控天地的力量。接下

來，就請大家回去好好思考，準備怎麼通過考驗吧！」

「就只是爬山比賽？爬個山就能當玉皇大帝的代班人？」所有的動物心想，這麼簡單的事哪有什麼困難。但隨即發現，要在身旁這一大群動物族王中，搶先越過十二座山，排名前十二名，似乎也頗不容易。

「這十二座山雖然高了點，但要越過去，看起來也不是太難的事。」大部分動物族王能當上族王的位置，自然都是各族群當中，體力最好，身手最矯健的。

「不可能這麼簡單，當中一定有玄機。」一向聰明絕頂的狐王，內心直覺這絕不只是爬山比賽這麼簡單。

「好好的日子爬什麼山，還是拿來睡覺最舒服。」豬王與熊貓王邊想邊嘟著嘴巴。對他們而言，這根本就是件苦差事。「而且，當玉皇大帝的代班人，聽起來就是件累人的工作。」

「嗯！這掌管天地的大事，由我這帥氣的森林之王來擔任，真是件再適合不過的事了！」獅王想像著自己已經握著權杖，風光的在天上用偉大的力量來管理天地。

玉皇大帝宣布完關於競賽的事項後，所有的動物族王心裡各自盤算著。

動物族王們在解散回家的途中，不時的回頭看著那十二生肖宮與十二座比賽大山。有的開始想著，要如何才能用最快的速度爬完這十二座山。有些心裡比較有把握的，則開始想像自己的雕像被安置在十二生肖宮。更有些動物，已經想像自己拿著權杖，享受著掌管天地的偉大力量。

玉皇大帝的宣布，讓整個動物界為之熱鬧了起來，幾乎每個動物部落，都在熱烈討論這件事，研究如何才能協助他們的族王在這場比賽中勝出。

「雞群們集合。」剛回到家，雞王就召集所有雞群聚在一起，將玉皇大帝的宣布及一個月後的比賽告訴他們。

「這樣的比賽，對我們雞而言，根本一點也不公平嘛！」一群雞聽到這次的比賽辦法後，大聲的抗議。「我們要飛也飛不高，要跑也跑不快，根本還沒比就已經先輸掉了。」

「大家別這麼洩氣，或許情況沒想像中的這麼糟。」雞王看起來一點也不悲觀。

「難道族王想到什麼辦法了？」雞群們聽到雞王的說法後，開始七嘴八舌的鼓譟起來。「趕快說來聽聽嘛！」他們知道雞王是他們這群雞當中，頭腦最靈光的，也因此才能當上他們的族王，說不定他已經想到什麼好辦法，是他們沒想到的。

「各位聽我說！」雞王大聲一喊，所有雞群頓時安靜了下來。他仔

細的看了看周圍，確定自己講的話，不會被其他的動物偷聽之後，才繼續講。「我們身為一隻雞，的確跑得並不快，也沒辦法飛得又高又遠，但我們的優點是非常早起且準時，這將有機會讓我們贏過許多動物。」

「是比賽誰爬山比較快，又不是比賽誰比較早起、準時，有什麼用？」雞群們小聲嘀咕著。

「大家別小看我們的這項能力，它在這次的比賽中，可扮演著重要的角色呢！」雞王看大家的反應，知道他們心裡在想些什麼。「因為我們早起，而且所有的公雞會準時啼叫，因此森林裡動物的每一天，都是被我們喚醒的。但這次的比賽這麼重要，關係著我們雞群的面子，所以，公雞們在這一天就讓喉嚨好好休息一天，別啼叫了。」

「哇！真是好辦法。這麼一來，缺少了我們的啼叫，大部分動物一定沒辦法準時起床，將會睡過頭。這樣子，大王你就能爭取到更多的時間贏

過其他動物，搶先抵達終點了！」雞群們聽完雞王的說法，紛紛稱讚這真是個好辦法。

「是啊！而且，身為雞王的我，跟一般的雞比起來，跑得比較快，也飛得比較遠、比較高一點，應該是有機會贏得這場比賽的。」雞王內心想著，臉上的微笑不禁又多了幾分。

狐狸雖然體型不大、腳程也不算快，力氣也不強，但森林裡的動物向來都不敢小看他們，甚至有時還會害怕他們，因為他們擁有十分聰明靈光的頭腦。

「來吧！眾狐狸們，讓所有的動物再度見識到我們狐族的聰明。」狐王正召集所有的狐狸討論如何贏得比賽的計畫。「大家想想看，要製造什麼樣的工具，才能讓我輕鬆的贏得這場比賽？」

「用飛的比用跑的快，所以這工具一定要能飛。」

「鳥也會飛，所以這個工具要有一個能噴出網子的裝置，把其他的鳥擋下來，讓他們不能夠超越大王。」

「除了鳥類之外，其他可能擋住大王的動物也要把他們擋下來，所以最好設計一個能夠發出聞到後會睡倒的煙霧。」

「如果怕迷路的話，最好再加上一個指引方向的裝置。」

狐狸們展開十分熱烈的討論，準備用他們的聰明才智，趕在比賽前，打造一部可以讓狐王在比賽中輕鬆獲勝的工具。

「大王，無論如何，你一定要加油，這次是我們洗刷在森林中老是被恥笑的最好機會了！」知道比賽的消息後，兔子部落裡群情激動，不斷的幫兔王加油打氣，要他一定要想辦法贏得這場比賽。因為，自從很久以

前跟龜王的那場賽跑比賽，因為貪睡而輸掉後，從此成為動物間流傳的笑柄。這次的比賽，不但要贏過龜王，更要贏過其他動物，讓大家知道兔子絕不是省油的燈。

「好，都怪我上次太大意，我這次一定會提早睡飽飽，隔天用滿滿的精力去贏得這場比賽。」兔王十分激動的說道。

「你們大家認為我在這次的比賽中要怎麼妝扮，才能顯現出我的帥氣與威風呢？」獅王甩了甩他那頭帥氣有型的鬃毛，問著下面的獅群。一向被尊奉為森林之王的獅王，認為要贏得比賽，根本就像是探囊取物般的容易。他現在在考慮的是，如何在這場比賽中用最風光帥氣的方式出場。

「大王，你就算都不妝扮，也都已經是森林中公認最帥氣有型的動物了！」灰尾獅拍馬屁的說道。獅王聽完很開心的微笑點頭。「不過，雖

然玉皇大帝在宣布比賽時只找各個動物族王參加，但並沒有規定部落動物不能進入這十二座山的比賽場地。因此，我認為大王最風光的參加比賽方式，就是我們派出一百隻獅子，盛大的抬著椅子，讓獅王舒舒服服的坐著抵達終點，贏得比賽，入主十二生肖宮。」

「灰尾獅，你真不愧是我最聰明、最會出主意的軍獅，這個主意真是太棒了！我真的這樣參賽，那真是再風光不過了。只是這個樣子，我們的速度會不會因此而減慢呢？」雖然灰尾獅的計畫令他心動，獅王心中還是有點疑慮。

「大王，您別擔心了。森林裡除了神祕的龍王外，有哪隻動物，在看到一百隻獅子的陣仗後，還敢不要命超越我們的？」聽到獅王的擔憂後，灰尾獅笑道。

「你說的真是有道理，我真是糊塗，怎麼沒想到。」獅王拍了拍自己

的腦袋，笑自己真是笨。「好，那就照你剛才說的，召集一百隻最雄壯、吼聲最大聲的獅子陪我一起出發。你到時候就在我旁邊，幫我指揮這群獅子大軍，讓所有參賽的動物見識到我們獅族的威風。」

「大王，沒問題，這種小事交由我來辦就對了！另外，我還會準備一頂王冠及披風讓大王戴，讓大家能親眼目睹森林之王的威風。」灰尾獅巴結的說道。

「這主意真是太好了。對了，我參賽時坐的那張椅子，上面一定要雕上美麗的圖案、鑲上鑽石，陪伴的獅子們要準備一盆摘好的鮮花，在我們比賽的途中沿路撒花，顯現我們獅群的品味與氣勢。」獅王越想越開心，連忙再交待灰尾獅，怕遺漏掉任何能顯現他與獅群森林之王氣勢的東西。

雖然大部分的動物與他們的族王都十分重視這次的比賽，也想盡辦

法，積極爭取能在這種非常重要的比賽中獲得勝利，取得前十二名的玉皇大帝代班資格。但還是有些動物對這次比賽並不那麼重視，或因為某些原因，他們並不想擔任玉皇大帝的代班。

例如，一樣都是飛禽類，但相較於雞群的熱鬧討論與雞王的有備而來，想盡辦法要幫忙雞王搶進比賽前十二名，一向獨來獨往習慣的老鷹族群領袖鷹王，則是聽完玉皇大帝的參賽說明會後，便已經興趣缺缺。因為一想到獲選十二生肖後，還得當玉皇大帝的代班，四處巡視天地，處理眾多雜事，一向害怕麻煩事情的鷹王，光是用想像的都覺得心煩。因此，他覺得自己還是自由自在的每天在天空飛翔旅行就好了。再說，由於老鷹們都習慣於獨來獨往，因此部落裡經常都是空蕩蕩的，所以鷹王決定這件重要的比賽也不必向老鷹們說了。事實上，直到比賽結束很久後，許多老鷹們才知道原來有這麼一場比賽。

跟鷹王的喜歡自由逍遙不同，來自水裡的生物們，則是為了保命不敢參加這場比賽。

「可惡，那隻臭老鼠就別哪一天掉進海裡，我一定一口把他吃掉。那天去陸地開會時，身子畢竟跟在海裡的靈活度不一樣，因此不小心甩到鼠王，他居然朝我的魚翅咬了一大口，竟還膽敢跟我說好吃，真的是太過分了！」一向在海裡稱王，大家看到他都避之唯恐不急的鯊魚王，在上次上陸地後，搖來擺去趕著去參加玉皇大帝的說明會時，竟然連看不上眼的小小老鼠，都敢趁他身手在陸地上比較不靈活時來偷咬他，讓他想了就有氣，要是這隻老鼠在海裡，他連想要咬都懶得咬，因為根本不夠他塞牙縫。

不只鯊魚這麼想，許多水中生物上了陸地，就是有很多不方便。尤其是移動較慢，被陸地生物欺負也只能生悶氣，沒辦法反擊回去。

上一次許多水中生物，為了參加玉皇大帝的說明會，專程上了陸地，差點沒把自己給搞死，因為那天雖然寒冷，但太陽卻不小，若不是帶了遮陽工具，大家早就曬成了魷魚乾、水母乾……了。這次居然是要比賽爬十二座山，這不是要他們的命嗎？本來，他們事後想向玉皇大帝抗議，這樣的比賽對水族生物們實在不公平，但後來想一想，如果真的當了玉皇大帝的代班，還得要上陸地巡視管理，但他們對在陸地上必須整天遭受日曬風吹，還不能隨時想游泳就游泳這件事，十分的抗拒，所以最後決定通通棄權了。

不過，像海獅王、海豹王、海狗王、海牛王、海象王，這些平常就會從水裡跑上陸地的動物，倒是想試試看參加比賽，當成是人生中的重要體驗。

而森林中赫赫有名的睡覺三人組——豬王、熊貓王與無尾熊王，卻在

玉皇大帝宣布完比賽辦法後，只花了一秒鐘考慮，就決定放棄，回家睡覺比較好。與蛇王只在冬天特別愛睡不同，睡覺三人組一年當中的每一天，都希望能睡個沒人打擾、長長的懶覺，所以，參加比賽倒不如睡覺來得好。更何況真的贏得比賽，還得要擔任玉皇大帝的代班，管理天地，嚴重影響到他們的睡眠時間。

「呼！好睏！」蛇王一邊不斷打哈欠、一邊硬撐著快要閉上的眼皮，非常的努力，才能讓自己不睡著。「呼！終於回到部落了！玉皇大帝選在這種天氣冷冰冰的冬天宣布事情，真是要了我的蛇命。這種天氣最重要的事情，就是好好的睡個舒服的懶覺，開什麼會啦！我剛剛路過熊部落時，看見每隻熊都睡得東倒西歪，熊王根本連會也沒去參加。要不是我那好朋友龍王硬是噴火把我叫醒，拖著我一定要去參加，我現在應該跟他們一

樣，睡得正熟吧！」

蛇王回到部落時，看見整個部落的蛇全部蜷成一團一團的睡翻了，叫也叫不醒，超級羨慕他們。

「好吧！既然大家都睡著了！那自然也不必向大家宣布十二生肖比賽這件事。反正我最要好的朋友龍王說他那一天會來找我一起出發，如果他比賽那一天有來叫醒我，而且我也爬得起來的話，再參加比賽吧！」蛇王見部落的蛇都叫不醒，自己也愛睏的要命，想也不想，先睡再說了。什麼十二生肖比賽的事，一下子就被他拋到九霄雲外了！

「呼～呼～」才沒多久，已經傳來蛇王打呼的聲音了。

五

結伴同行

龍族在森林中一向就是非常神祕的動物，他們的身體能自由的放大或縮小，也能隨意的飛上天、在陸地上行走，或在水裡游泳與潛水，既能吐氣製造煙霧、又能噴出大火，幾乎是最萬能的動物。但他們也最喜歡搞神祕，許多森林中的動物，終其一生都無法遇上一次龍，更不用說龍族中最神祕的龍王，所以有很多動物都認為龍的存在，根本只是一種傳說。直到接到玉皇大帝的告示，所有動物族王集合在一起時，大家才有機會見到龍王。即便如此，喜歡搞神祕的龍王，會從嘴巴吐氣，讓身體籠罩在一層煙霧當中，所以雖然他明明就在大家的眼前，所有動物族王還是無法看清楚龍王的真正長相。

不過，龍王與蛇王的交情卻是從遠古時代就非常的好，森林中的動物，也只有蛇王才能見到龍王。傳說在遠古時代，龍族與蛇族是遠房親戚，只是蛇既不會飛，也無法吐氣製造煙霧或噴火，能力跟龍相比真是非

常遜色。但龍王偏偏就是與蛇王非常有話聊，所以有空時就會來找蛇王聊天。

由於龍王幾乎是萬能的動物，因此對於玉皇大帝所宣布的這場比賽，他幾乎一點也不擔心，因為他知道只要他願意，一定能輕易的遙遙領先其他動物抵達終點。不過，他希望自己最要好的朋友蛇王，也能進入前十二名，一起輪值玉皇大帝的代班。龍王知道蛇王一到了冬天就是貪睡，因此不但這次專程去叫醒他參加玉皇大帝的公告會，也打算在比賽時與蛇王一起參加。

除了龍王與蛇王說好要一起參賽之外，還有一些平常交情比較好的動物族王，也打算一起參賽。像是狗王與人王一直以來的感情就非常的好，二個族群甚至把部落建立在隔壁好互相照應。玉皇大帝宣布時，狗王與人

王就站在隔壁，聽完宣布後，連話都不用講，只是眨了眨眼，就知道彼此都有一起出發的想法了！

而在森林陰暗角落的老鼠部落，此時萬頭鑽動，大家正圍繞著鼠王，熱烈的討論著關於比賽的事情。

「鼠王，這次的比賽，真是我們老鼠出頭的好機會，我們一定要好好把握，讓森林中的動物們對我們刮目相看。」

「是呀！平常大家總是覺得我們體型小，不把我們當一回事。要是我們當了玉皇大帝的代班，擁有了掌控天地的力量，相信再也沒有任何動物敢瞧不起我們了！」

「大王，你一定要想辦法跑進前十二名，我們全體老鼠當你的後盾。」

在老鼠部落裡，大家正你一言、我一語的熱烈討論著。由於老鼠的身體較小，因此一向在森林裡顯得不起眼，許多動物根本無視於他們的存在。因此，他們一致認為，要是能在這場比賽中獲得較好的名次，將會是莫大的榮耀，讓整個老鼠界的地位大大的提高。大家正集思廣益，要想辦法幫助鼠王在這次的比賽中取得勝利。

「你們說的我都知道，我比大家都更想贏得這場比賽，讓我們老鼠能揚眉吐氣。但我們的體型小，腳又短，就爬山比賽而言，真是先天就很吃虧。想想看，馬或牛走一步，我們可能得跑個半死才追得上，更不用說是十二座大山呀！」鼠王深深的嘆了口氣。

「大王，先別洩氣，雖然我們體型小了點，但或許我們可以找體型比我們大的動物合作，也許能提高大王在這場比賽中獲勝的機會。」一隻聰明的小老鼠說道。

「小老鼠，沒想到你年紀小小，卻這麼有想法。你提到的辦法確實不錯，只是要跟誰合作呢？」這隻部落裡的小老鼠是出了名的聰明，平常就讓鼠王非常疼愛，這次又提出這個好主意，更是讓鼠王連連點頭稱讚。

「體型要比我們大，那當然直接找最大的大象囉！」小老鼠想都沒想的脫口而出。

「可是……大象平常與我們沒什麼交情，他為什麼要幫我們呢？」鼠王雖然覺得小老鼠的話有理，但不曉得該怎麼做。

「我們先很有禮貌的請求他的協助，如果他還是不幫忙的話，我們就用強迫的。」小老鼠自信滿滿的說。

「強迫的？體型那麼大的大象，怎麼可能被我們強迫？」鼠王聽到小老鼠的話後，覺得那根本是不可能的事，只當是童言童話，不禁啞然失笑。

「大王，您別笑，我有一個好辦法。」小老鼠說完，跑過去把嘴巴附在鼠王耳邊講悄悄話，鼠王一邊聽一邊連連點頭稱奇，他真是沒想到這小傢伙年紀雖小，頭腦居然這麼好，想出這麼好的辦法。等他以後不當鼠王，他一定把王位傳給長大後的小老鼠。

「好，這個辦法很好，我這就去。」鼠王聽完小老鼠的辦法後，迅速的到象王的住處拜訪。

「象王，你好，我有件事想拜託你。」鼠王仰著頭，張大著嘴誠懇的說道。大象本來就是森林裡體型最龐大的動物，象王又是大象中體型最壯的。鼠王仰著頭，感覺象王的頭頂，就像是座小山那麼高。

「什麼事呢？小東西。」象王往地面一看，只見地面有個小黑點在跟他說話。

「我是鼠王。在這次的十二生肖比賽中，我想邀請你合作，載著我參加比賽，讓我們一起贏得這場比賽，你覺得如何呢？」

「我有聽錯嗎？小東西，我只要一腳就可以把你踩扁，你憑什麼跟我合作呢？」象王聽完鼠王的請求，不禁哈哈大笑，那笑聲就像打雷般，讓附近的樹木搖晃不已，葉子紛紛落下。「要在這場比賽中獲勝，對我來講，就像是呼吸般那麼簡單，我不需要跟任何動物合作。」

「我知道象王體型大又厲害。那這樣吧！如果你能讓我求饒的話，我就不再打擾你。但若是你向我求饒的話，就要載著我參加比賽，你看如何？」鼠王向連正眼都不瞧他一眼的象王提出條件。

「你既然這麼想被我踩扁的話，那就來吧！」象王話剛說完，已經抬起一隻腳往鼠王踩了過去。只見鼠王不慌不忙，靈巧的移動嬌小的身軀，避開象王的踩踏。

「呵。」象王見自己沒踩中鼠王，接連又踩了幾腳，但都被鼠王巧妙的閃了過去。鼠王不斷的往一棵樹旁閃，象王也不斷的攻擊過去。

「唉唷！痛死我了！」當象王再次提起腳往下踩時，鼠王快速的推動一顆尖尖的石頭過去。象王這一腳大力的踩下去，沒踩中鼠王，卻踩中了那顆石頭，讓他痛得大叫。那顆石頭，是鼠王來時就準備好的，當然，那是小老鼠要他準備的。

「你要做什麼？」象王有點驚恐的問道。原來，鼠王趁著象王踩到石頭跳腳喊痛時，已經快速的爬上了樹，然後盪到了象王的背上，並快速的爬到他的頭上，抓著他那像片大扇子的耳朵。

「象王，你要向我求饒了嗎？」鼠王笑笑的問道。

「我為什麼要向你這個微不足道的小東西求饒？」象王一邊回答，一邊快速移動身子，想把鼠王甩下來，只是無論他怎麼移動或搖晃身體，也

無法把他甩下來。

「好吧！巨大的象王，我得讓你嘗嘗微不足道小東西的厲害。」鼠王講完，一溜煙的掀開象王的耳朵，鑽了進去。

「天啊！痛死我啦！」象王痛苦的叫著。原來鼠王鑽進象王的耳朵裡後，在裡面不斷的又咬、又撞、又抓、又踢的，弄得象王疼痛異常。象王又叫又跳的，想要抬起腳把耳朵裡的鼠王勾出來，卻怎麼也無法做到。

「你要求饒了嗎？」鼠王在象王耳裡大喊著。

「我……求饒了。」象王有氣無力的說著，但鼠王躲在象王的耳朵裡根本聽不到。他以為象王不肯求饒，於是用加倍的力氣繼續又咬、又撞、又抓、又踢。

「碰！」鼠王只感覺到一陣劇烈的搖晃，然後象王的身體就倒在了地上，動也不動。

「咦！」鼠王從象王的耳朵裡跑出來，才知道象王已經昏倒了。

象王雖然擁有象群中最為龐大的體型，因此被選為象王，但其實內心很是膽小，而且超怕痛的，但平時大家看到他那無敵龐大的身軀，也不敢欺負他，因此他膽小及怕痛的那一面，也自然從來沒人知道。這次他先踩到鼠王準備的尖石頭，又被他鑽進耳朵裡大咬大鬧，既痛又害怕，竟然嚇得昏倒了！

「喂！象王！象王！」無論鼠王怎麼搖、怎麼叫，象王就是不再醒來。鼠王驚覺自己好像闖了大禍，連忙離開。

事實上，象王這次被鼠王嚇到昏倒，足足一個多月才清醒，錯過了他原本自認為可以輕而易舉贏得的比賽。這件可怕的事在象群中流傳開來，從此，體型龐大的大象只要看到體型微不足道的老鼠，都躲得遠遠的。

原本照著小老鼠的計畫進行，以為可以成功的鼠王，最後卻出現他意想不到的結果，只好垂頭喪氣的回去。

「咦，這不是鼠王兄弟嗎？怎麼了？你看起來不太好。」原來是一向跟鼠王非常要好的貓王，遇到了正要回去的鼠王，關心的問道。

「唉！貓王，你有所不知，玉皇大帝前幾天宣布的十二生肖比賽，對我這種平常不被其他動物重視的小型動物而言，真是可以大大露臉的機會。只是，原本想好的計畫，卻被我給搞砸了！」於是，鼠王一五一十的把小老鼠的計畫，及跟象王應對的過程，詳細的跟貓王說了。

「其實，我也正在煩惱要怎麼做，才能在這場比賽中獲勝。不過，我覺得小老鼠的提議很好。」貓王安慰著鼠王。

「好有什麼用，都被我給搞砸了！」鼠王語氣中充滿了自責。

「別這麼難過，沒有象王，我們還是可以找其他大型動物呀！」貓王

語氣中充滿了自信。

「其他大型動物？你是不是有什麼好主意？」鼠王從貓王的表情中，重新看到了希望。

「沒錯，我回去後一直在思考如何在這麼多動物參賽的比賽中獲勝，我左想右想，發現玉皇大帝宣布的比賽規則，有一個大家都沒注意到的細節。」

「什麼細節？」鼠王好奇的問。

「玉皇大帝只說出發時要從第一座山出發，卻沒有說是從山頭或山尾出發呀！」貓王賊賊的笑著說道。

「咦！你說的很有道理呢！」聽完貓王的說法，讓鼠王有一語驚醒夢中人的感覺。

「是的，在這麼激烈的比賽中，其他動物都從山頭出發，我們卻是從

山尾出發，那麼一開始就能贏過一座山的距離，贏得勝利的機會自然提高很多。」

「太好了！這真是好辦法！」鼠王開心的笑著。

「而且，剛才你提到小老鼠的點子，更讓我想到，我們何不再邀請一隻大型動物在深夜一同出發，先爬過第一座山到山尾。如此一來，我們二個體型比較小，也能有個互相照應，增加奪勝的機會。」貓王口沫橫飛的說道，彷彿即將取得勝利。

「那你心目中有理想的合作對象嗎？」鼠王雖然覺得貓王的話有道理，但想到剛才去象王那裡的情況，就覺得大型動物才不會想跟他們這些小型動物合作。

「我覺得牛王是再適合不過的人選。」

「牛王？」

「是，牛王。我平常跟牛王的交情還算不錯。而且，你也知道，牛王一向個性溫和老實，我們打算深夜出發先過第一座山的事，絕不會說出去。更何況，牛王的腳程一向非常好，肯吃苦耐勞，重點在於他能背負重物。如果他願意跟我們合作，並背著我們的話，那奪勝的機會不就更大了？」貓王老謀深算著。

「貓王，如果這件事真的能照你的話進行，那就真的再好不過了！只是，可能嗎？」雖然貓王的計畫聽起來非常棒，但他也很懷疑，牛王有可能答應與他們合作嗎？

「看我的。」貓王很有自信的說道，並帶著鼠王立刻前往牛王的住處。

「牛王，你看這樣我們的計畫如何？」

貓王與鼠王見到牛王後，把打算深夜先出發，爬過第一座山，從山尾出發的計畫跟他講了一次。

「但是，這樣好嗎？」牛王雖然也很想在比賽中獲得勝利，但一向誠實善良的他，即使從來不會瞧不起比他體型還小的動物，也很樂意跟他們交朋友或合作，但這樣子提前從深夜出發，讓他覺得良心有點過意不去，因此顯得很猶豫。

「牛王，我知道你很老實，但是不用再考慮了。你想想，玉皇大帝的確只說從十二座山的第一座山出發，並沒有說從山頭還是山尾出發對吧？」貓王積極鼓吹著牛王。

「的確是這樣沒錯啦！」雖然知道貓王說的是事實，但牛王就是不敢直接下決定。

「更何況，難道你不想在這場比賽中獲勝，讓牛族在森林中揚眉吐氣

嗎？」

「想當然是想啦！」事實上，牛王已經心動了。

「是啊！牛王，你想想，如果我們一起在半夜出發的話，像我跟貓王在夜間的視力特別好，可以指引你正確的方向。」鼠王也加入了鼓吹的行列。「更何況，我們一起走的話，有困難也可以互相幫忙，一起在比賽中獲勝。」

「好吧！我問一下我的好友羊王，如果他也贊同這個想法，並且跟我們一起出發的話，那我就答應了！」牛王雖然已經心動想答應，但一向做事小心的他，還是決定邀請平常最喜歡跟他一起邊吃草邊聊天的羊王幫他做最後的確認，才能讓他真正的放心。並且，他也希望羊王能與他們一起出發。羊王是他在森林中最要好，也是最值得信任的朋友，平常只要誰發現哪裡有甜美的草原，一定不會藏私互相通知。

「這個提議很好呀！牛王、貓王、鼠王，就這麼說定了，我跟你們一起走。相信我們四個合作，一定可以一起進入最後十二名。」令人意外的，羊王一聽完貓王的計畫，立刻一口同意。原來，對於這場比賽充滿焦慮感，本就想去找牛王一起出發比較有伴的羊王，沒想到牛王先主動來找他，而且還帶著貓王、鼠王一起來。更重要的是，他們還提出一個很棒的計畫，可以幫助他們四個有更高的機會贏得比賽，當然二話不說就答應了。

六

流傳千古的比賽

不曉得是不是玉皇大帝故意給的考驗，比賽的前一天，又是個非常冷的天氣。動物們為了養足精神有充足體力準備隔天的比賽，大都一早就去睡覺了。特別是兔王，為了避免發生上次與龜王賽跑時，因為想睡覺而輸掉的慘劇再度發生，太陽還沒完全下山，他就已經躺在床上，準備好好的睡個飽。但奇怪的是，他越是刻意的想早一點睡，就越是睡不著。

除了兔王外，寒冷的夜晚，讓大家很快的進入深沉的夢鄉。但在黑暗的森林裡，卻傳來「喀啦、喀啦」的細微聲響，原來，是牛王、羊王、貓王與鼠王，趁著大家熟睡時，小心翼翼、盡可能不發出聲音的連夜出發趕路。

「鼠王，你是不是覺得很冷？」貓王坐在牛王的背上，只見坐在他前面的鼠王，身體一直不斷發抖。

「是……呀！好……冷……呀！」鼠王回答時，牙齒不斷打顫。

「牛王，你稍等一下。」貓王請牛王停下腳步，然後滑下牛背，飛快的往森林深處跑去一會兒才又回來。原來，看到自己的好友冷得發抖，貼心的貓王找尋適合的枝葉，幫鼠王編了一件小外套。

「謝謝你，貓王，我覺得好多了。」穿上貓王編的小外套，鼠王覺得身體溫暖許多。

「前面就是第一座山了。」羊王開心的叫喊著。

「看起來，好像跟一般的山沒什麼差別嘛？」貓王在深夜中的視力特別好，他很仔細的觀察著眼前的這座山。

「不管這座山特不特別，要贏得比賽，我們就得趕快過去。」牛王賁力的踏著步伐，不斷的往山頭邁進。

「天呀！太陽曬屁股啦！」原本睡得正香甜的猴王，卻感覺屁股不斷

傳來一陣灼熱的疼痛感，連滾帶爬的跳下床，摸著被曬傷的屁股，往外一看，才發現太陽早就高高掛起。「奇怪，怎麼會睡到這麼晚，我記得沒聽到清晨的公雞叫聲啊！不管了，比賽已經開始了，我要趕緊趕上。」

「咦！猴王，你也睡過頭啦？」猴王才剛進森林，就發現一頭亂髮匆匆忙忙跑來的鴨王。

「是呀！奇怪，今天我好像睡得太沉，沒聽到公雞的啼叫聲。」猴王一邊回答、一邊快速爬上樹。

「難道我也是睡得太沉，因為我也沒到公雞的叫聲？」鴨王不停的扭著屁股往前衝刺。

「我猜，公雞們應該是『故意』忘記啼叫，讓我們睡過頭的。」猴王剛爬上樹，就發現一堆動物披頭散髮的往比賽的第一座山衝去。

「這些雞真是太可惡了。」鴨王心中咒罵著。

「是呀！鴨王，已經睡過頭，我得加快速度了。再見，祝你比賽順利。」在森林中以品味著稱的猴王，伸長了手，在樹林間以十分快速而優雅的身手穿梭擺盪向前，一下子便離鴨子好長一段距離。

「唉！這樣的比賽，對我們鴨子還真是不利。」鴨王看著已經變成一個小黑點的猴王，心中非常羨慕，也趕緊加快腳步趕去。但才到了第一座山腳下，卻發現一大群動物擋在前面，還不斷的傳來很大的爭吵聲。

「誰再過來，我就先咬誰。」凶猛的聲音，迴盪在第一座山頭前。

原來，老虎站在第一座山頭前，阻擋了所有動物的去路，導致山頭前擠滿了來自四面八方睡過頭的動物。

「虎王，你不能這麼霸道用威脅的，這樣的比賽一點也不公平。」被擋住的動物們抗議著。

「哼！玉皇大帝只有說比誰先爬過十二座山，可沒說不準用什麼方

法。你看雞王就讓公雞們今天早上不啼叫，讓我們大家通通睡過了頭，他自己卻先出發了。」老虎顯然十分生氣被雞王擺了一道。

「那你要爬就快爬，別一直擋住我們大家。」動物們雖然都很不滿虎王的做法，卻又拿他無可奈何，只好要他趕快爬山。

「吼！前面亂哄哄的，是在吵什麼？誰要爬山，通通不准動！」一陣宏亮的聲音，伴隨著地面的震動，傳進山頭前的所有動物。

「天啊！那不是獅王嗎？」

「哪來的這麼多獅子？」

「嚇死人了！」

原來，睡過頭的獅群們，等獅王梳妝打扮完、戴了皇冠，坐上那座精雕細鑿的椅子後，才由事先指定的一百頭雄壯獅子，在灰尾獅的指揮下，踏著整齊的步伐，雄糾糾、氣昂昂的快速奔跑，將坐在雕飾華麗椅子上的

獅王送了過來。

山頭前的動物們，看到這可怕的獅群陣仗，紛紛閃避開來。

「虎王，平常我們在森林裡旗鼓相當，誰也不讓誰。但今天，看在我們的龐大陣容上，你可得讓我先走才行。十二生肖，你排在我後面，也不算太吃虧。」獅王仗著自己獅多勢眾，要虎王下來跟在他後面走。

「獅王，你別做夢了。大家各憑本事，你想排在我前面，就自己追過我。」虎王知道自己真的要打，絕對打不過這一百多頭獅子，所以一轉身就往第一座山上快速衝上去。

「好呀，可惡的虎王，大家快追過去。」在獅王的命令下，獅群快速的跟在虎王後面追了過去。

「唉呀！這座山有問題。」原本快速往山頂衝，想趕快擺脫獅群追趕的虎王，卻發現腳步無論怎麼加快，卻只能往前移動一點點。他發現，自

己腳下踩的山路，居然會自動往後退。

「前面的快一點啦！唉唷！」由於山路較狹小，又會自動往後退，獅群後頭的獅子撞到了前面的獅子，紛紛跌倒在地面上，顯得狼狽不堪。

「這可有趣了！我原本還想說，怎麼可能爬個山就可以當玉皇大帝的代班，果然沒這麼簡單，這十二座山大有玄機。」獅王從椅子上下來，踏著盡可能看起來優雅的腳步，快速的朝虎王追過去。「你們跟在後面，要記得跟我一樣保持優雅，別壞了我們獅子的形象，知道嗎？」

灰尾獅及一百頭獅子，就這樣跟在獅王的後頭，賣力的加快腳步不斷往前跑。但是他們跑得氣喘噓噓，卻還是只前進一點點距離，又不能停下來休息。因為只要一停下，他們就會被後退的山路送回山腳下。

「呼，終於到山頂了。可是我的腳好像抽筋了！」虎王因為後退的山路及後面追趕的獅群，即便感覺自己的腿快斷了，還要一路不斷奔跑，不

敢有任何一刻停留，總算讓他衝上了山頂。「這群臭獅子，真是像陰魂一樣，緊緊跟著。」虎王回頭一看，獅王及獅群就在後方不遠處，一群動物則爭先恐後的跟在獅群後方，連忙忍著快抽筋的腳，往第二座山移動。

跟比賽的山頭熱鬧滾滾的情況相反，在森林邊緣的山坡邊，布滿了許多洞穴，這是蛇部落的所在地。此時，這裡一片寂靜，連片葉子掉落地面的聲音也可以聽得一清二楚，因為洞穴裡頭的蛇們，全部都在這寒冷的冬天裡睡得非常非常的深沉。

「蛇王，蛇王，快起床啊！已經睡過頭了，再不起床，就來不及參加比賽了！」發出劃破寂靜催促聲的，是蛇王的好朋友龍王，他一早發現睡過頭後，連忙直衝蛇王的住處要將他搖醒，但無論他怎麼搖、怎麼喊，睡得極為深沉的蛇王就是無法醒來。

「唉！真是糟糕！」龍王見怎麼叫也叫不醒的蛇王，心裡十分著急，只好趕快將他扶上自己的背，朝比賽的場地飛去。

而在森林另一頭的豬部落裡，也四處都是睡到四腳朝天，不斷傳來陣陣打呼聲的豬，彷彿今天隆重登場的十二生肖比賽，跟他們一點也沒關係。

「嗄～」一陣奇怪的聲響，從遠方快速的逼近，原來是身上穿著奇怪飛行裝置的狐王，快速的從狐狸部落飛過來。

「咦！這些豬怎麼睡成這副模樣，他們不曉得今天要比賽嗎？」在半空中的狐王感到十分疑惑。「好吧！反正我這飛行器威力強大、速度超快，一定可以在比賽中獲勝，時間還多得很，讓我來捉弄捉弄這群睡到東倒西歪的豬隻。」

「哈……哈……哈～啾！」豬王在睡夢中覺得鼻子一陣癢，打了一個大噴嚏，又再繼續翻身睡覺。

「哈……哈……哈～啾！」豬王的鼻子又非常的癢，再次打了個大噴嚏，然後又繼續睡。

原來，狐王正拿著一隻隻長長的蘆尾草，伸進豬王的鼻孔裡搔癢，讓他不斷打噴嚏。但無論狐王怎麼搔癢，豬王打完噴嚏後，就又睡死了。

「這隻豬王真是臭死了！」存心要捉弄豬弄的狐王，實在受不了豬王身上那股不曉得幾百年沒洗澡的臭味。「我就不信吵不醒你，看我的。」

「豬王，起床啦～」像是巨雷般的聲響傳進豬王的耳裡，讓他猛然嚇醒，從地面跳了起來。

「什麼事？發生什麼事了？」豬王還有點迷迷糊糊的，搞不清楚狀況。

「大王，什麼事呀？怎麼這麼吵？」原本睡在豬王周圍的豬隻通通被剛才那個如雷般的聲響給吵醒了。

「豬王，你不曉得今天是比賽日嗎？怎麼還在睡覺？」狐王假好心的問道。其實，剛才那個巨雷般的聲音，就是狐王使用飛行器上的擴音設備發出的。

「哦，你說玉皇大帝那個比賽呀！我沒興趣呀。沒什麼事的話，我要繼續睡了，別吵我喲！」豬王說完，閉上眼睛，準備倒頭就睡。

「喂！等等，你沒聽說玉皇大帝在終點站，準備了山珍海味的豐富餐點，要請所有的參賽動物嗎？而且要吃多少，就有多少哦！」為了整一下豬王，狐王隨口亂說。

「你說的……是真的嗎？」聽到有吃到飽的食物，豬王覺得肚子好像傳來幾聲咕嚕咕嚕聲，在提醒他要填飽肚子了。

「當然是真的。而且，到時候要是所有動物吃飽還有剩的話，還可以打包回來請你們豬部落裡的豬呢！」狐王表面一本正經的說，心裡卻是快笑翻了。

「大王，真是這樣的話，你趕快上路吧！」

「我們好一陣子沒吃香喝辣的了！」

「聽到有好吃的，我肚子都餓起來了！」

狐王的話，在豬族裡引起很大的騷動，大家開始心急的催促著豬王趕快出發參加比賽。

「好啦！好啦！別催我啦！我出發就是了。」聽到有可以吃到飽的山珍海味，豬王自己也心動的要命，連忙打起精神往比賽的山頭出發。

「那我們就在終點見了，再見。」狐王對豬王眨了眨眼，駕著他的飛行器，快速的飛去，很快在天空中成了一個小黑點。

「喂，你們是誰呀？比賽不比賽，居然在比賽場地玩了起來，真是的。」豬王看著第一座山頭的山路，有五隻他不熟悉的動物在上面一直不斷的滾動著身體，擋住了他的去路，不禁抱怨著。

「我們哪裡在玩？我們正在努力參加比賽，你不曉得嗎？只是這山路有問題，讓我們一直不斷滾下來。」沮喪的聲音傳了過來。

「是呀！而且我們有名有姓的，別叫我們『喂』。我是海獅王，他們是我的好兄弟海豹王、海狗王、海牛王及海象王。」海獅一邊說、一邊氣喘噓噓的滾動著身體，試圖努力滾上山頭。

「對不起，我是豬王，第一次認識大家，請多多指教。」豬王獻上誠懇的道歉。但心裡卻是想著：「奇怪，陸地上的獅子這麼凶猛，怎麼海裡面的獅子長得這麼可愛？」

「沒關係。」已經滾得上氣不接下來的海獅王說道。

「你們需要幫忙嗎？」看到眼前五隻努力滾動的海邊生物，豬王沒等他們回答，已經快速的上前幫忙。

「嘿咻！嘿咻！嘿咻！」豬王使盡吃奶的力氣，試著想把眼前這五個從海邊來的龐然大物推上山頭。但無論豬王怎麼推，他們始終就像個不停轉動的滾筒，一直滾下山來。

「唉！我們放棄了！」已經累到快無法喘氣的海獅王說道。他跟感情十分要好的海豹王、海狗王、海牛王及海象王四個兄弟，本來約好要來參賽試試。雖然他們本來就沒想過要贏得比賽，卻沒想到連第一座山都爬不上去。

「再見了，以後有機會，大家再來我們豬族部落坐坐，讓我好好招待你們。」豬王看著放棄比賽，即將回海邊的五隻動物說道。

「豬王，真是謝謝你，你真是我看過最善良的動物。剛才一堆參加比

賽的動物經過我們身旁時，不幫忙就算了，許多還在我們身旁冷言冷語的嘲笑著。」海獅說道。

「對呀！很感謝你的幫忙，有機會換你來海邊，讓我們也好好招待你吧！再見。」海牛邊向豬王揮手、邊轉身離去。

道別完，豬王努力的朝著第一座山的山頂努力前進，只是要爬上這條會倒退的山路，比他想像中的還辛苦，但為了那頓可以吃到飽，還能打包回去請其他豬隻的美食，豬王真是連滾帶爬的爬上山頂。

「汪。豬王，請你旁邊一點，我要過去了。」豬王好不容易爬上山頂，背後傳來了狗王的叫聲。

「咦！狗王，你速度並不慢，怎會到現在才來呢？」豬王邊移動身體讓開、邊關心的問道。

「沒辦法，人類部落一早發生大火災，我們狗族連忙全部出動去幫

忙，所以延誤來參賽的時間。不跟你說了，我得趕快追上跑在前頭的動物。」狗王邊說，身子已經快速的奔下山頭。

「狗族跟人族還真的是好朋友。看來，人王應該沒辦法來參加比賽了。」豬王看著狗王快速離去的背影，喘了幾口氣休息一下後，連忙快速移動腳步趕路。

「豬王，你可以揹我一程嗎？」才剛到山腳下，豬王就聽到草叢邊，一個小小的聲音在請求他的幫忙。轉身一看，原來是糞金龜王。

「糞金龜王，你也來參賽呀！我當然可以揹你一程，趕快上來吧！」豬王壓低身體，讓糞金龜王上了他的背。他很開心比賽的路程，還能有個動物陪伴，而且還是糞金龜王。

跟豬王一樣被森林其他動物嫌棄的糞金龜，雖然跟豬群們的體型差距很大，卻是跟他交情超好。因為糞金龜整天喜歡玩其他動物的糞，讓大家

都覺得他很噁心，而不想跟他在一起。至於豬群，整天懶洋洋的，也不喜歡洗澡，經常讓大家聞到一股味道不說，還三不五時喜歡玩泥巴，看起來就是髒兮兮的，因此也是森林裡的動物看到就想閃的對象。結果，兩位卻因此而成了「臭味相投」的好朋友。

七

機關重重的十二座山

原本，所有參賽的動物們都以為要爬過十二座山，雖然辛苦了些，但也不是太困難的事，有些腳程比較好的動物，或是能在天上飛的鳥類，更以為是再容易不過的事，後來才發現，這十二座山每一座都有玄機，要過任何一座都是非常的不容易。

除了第一座山的山路會自動向後倒退，讓動物上山備感困難外，像第二座山，根本就是座大冰山。通過的動物，除了冷得發抖外，每一步都覺得自己的腳快要結冰了。一向不怕熱的駱駝王，在這一關走沒多久，就發現他二個駝峰凍成了二個大冰柱，在沙漠中可以抵擋風沙的長睫毛，居然凍到黏在一起，讓他無法睜開眼睛，最後不得不趕快退回去，不敢再繼續比賽下去。

山上的冷空氣，連半空中都感受得到。有些以為可以輕易飛過十二座山頭的鳥類，在進入這座山的空中，就冷到翅膀無法拍動，而必須退賽。

在這座山，最高興的莫過於企鵝王了。雖然他在第一座山時搖搖擺擺，半滾半爬半飛的，才過了山，但到第二座山時，地面厚厚的冰，卻讓他開心的滑起冰來。在冰山上高速滑行的他，嘲笑著那些因為腳被凍僵而只能龜速行走的動物。只不過，他太開心沒注意到山的邊緣，居然滑過了頭掉下山崖，樂極生悲的他傷得不輕，自然無法再參加比賽。

第三座山，是一座中間還冒著火的火山，動物們必須小心翼翼的沿著山的邊緣走，才不會掉進中間的火裡，偏偏山邊的這條路十分窄小。許多動物在這條小路上身體一不小心失去平衡，就滾進入火山裡。像是河馬王，已經搖頭晃腦，十分努力的保持身體平衡，卻還是不小心在踩到一顆石頭後痛得伸起腳，失去重心，滾進火山裡。幸好火山裡並不是真正的岩漿，而是玉皇大帝特別準備的假火，雖然會讓動物有燙傷疼痛的感覺，卻不會有生命的危險。但是那種燙傷感的痛苦，會令動物無法再行走半步，

只能放棄比賽。

跟前面三座山比起來，第四座山顯然像是個天堂，四處充滿了誘人香味，讓動物們忍不住想咬一口的果實。因為領先出發而最早到達這座山的牛王、羊王、貓王與鼠王，就被這濃濃的香味誘惑到受不了，很想趕快大吃一頓。

「不行，這果實一定有問題，絕不能吃。」機警的貓王，直覺的說。

「為什麼這麼說？」忠厚老實的牛王問道。

「貓王說的有道理，前面三座山都有不同的狀況來考驗我們，怎麼可能在這座山，讓我們只是吃吃果實就過關呢？」鼠王原本也不了解貓王為何要這樣說，但仔細一樣，便想出當中的道理。

「我說你們呀，真是想太多了。經過前面三座山的辛苦比賽，在第四座山讓我們大家休息休息吃個點心，不是再正常不過了？」那誘人的果

香，已經讓羊王口水直滴，快要受不了了。他打定主意，一定要好好的大吃一頓。「你們不吃，我要吃了。真是浪費食物。」

羊王選了一顆表皮是紅色，上面還帶有彩虹般七彩紋路的果實，張大口咬了下去。

「哇！我的眼光果然沒錯。這顆果實外表鮮豔好看就算了，裡頭的果肉真是軟嫩，一口咬下去，香濃的汁液都噴得我滿嘴了。從沒吃過這麼棒的果實，真是令人充滿了幸福感。」羊王吃了一大口後，不住的稱讚，一下子就把果實吃完，準備再吃第二顆。「你們三個，趕快過來享受美食吧！」

「看起來應該沒問題，我想，應該可以吃吧？」看著羊王不停的一口接一口，牛王覺得自己肚子也餓了起來。

「再等一下吧！」貓王還是不放心。

「你們這三個傻子，等什麼等，我要繼續吃第二顆了，真是好吃。」

羊王摘下第二顆果實，張大嘴準備咬下去。

「唉唷！我的肚子。」羊王忽然緊抱著肚子慘叫一聲，然後開始在地上翻滾、一下子眼睛翻白、一下子口吐白沫。

「羊王，你還好吧？」牛王、貓王、鼠王上前去關心。

「啊！」羊王忽然從地面跳了起來，大叫一聲後，像是發瘋似的開始快速橫衝直撞，一下子就不見羊影了。

「真糟糕，羊王不曉得會不會怎樣？」牛王擔心的說。

「比賽結束後，應該就會恢復才對。」貓王知道牛王擔心自己的好朋友，因此不斷安慰他。

「是呀！羊王不會有問題啦！幸好我們沒吃下果實。我們還是快趕路吧！」那強烈誘人的果香，實在令鼠王受不了，想趕快離開這座山。更何況，他們如果在這座山停留太久，恐怕會失去原本提早出發的領先優勢。

「好吧！我們繼續出發吧！」牛王無奈的踏起腳步，繼續趕路。他希望在趕路的過程中，能夠再遇見羊王。

在這次比賽結束後，一向溫文有禮的羊王，因為在比賽過程中誤食有毒的果實發瘋這件事，往後也經常被森林裡的動物拿來當茶餘飯後的笑談，「羊癲瘋」事件一直成為羊王心中的最痛，所以每次一看到有動物對他開口講話，就以為他們又要提到他那件糗事，嘴巴直嘟囔著：「沒、沒、沒啦！」

不只羊王在這座山出糗，後來的動物，有些吃下果實後也開始昏睡；有的則是眼前出現幻像，更有的是吃下後開始滿嘴胡說八道。特別是許多經過冰山冷凍與火山熱烤的鳥類與昆蟲類既累又餓，更是受不了這座山濃烈的果香誘惑，紛紛飛下來大吃一頓，結果都出現不同的症狀，而無法繼續參賽。像是獨角仙王，喝完果實裡誘人的果汁後，嘴巴不停的吐出

泡泡，而且還黏在嘴上。最後，他嘴上的那些泡泡，就像是一顆顆汽球一樣，把他懸掛在半空中，連地面都下不來，自然無法參賽。

即便第四座山上的果實如此誘人，但還是有動物完全不受誘惑的，那就是兔王。

話說兔王為了避免當年賽跑輸給龜王，而老是被拿來取笑的悲劇再度發生，因此前一天七早八早就上床睡覺，只是他越想趕快多睡一點，越是睡不著。結果整夜翻來覆去，從綿羊、山羊一路數到羊駝，從有羊數到沒羊，無論如何就是睡不著，隔天只好無奈的帶著紅腫的雙眼去參加比賽。

第一座山那倒退的山路，他還能勉強打起精神，不斷的用力跳啊跳，跳過了山頭。到了第二座山後，其實他的眼皮已經打瞌睡打到快睜不開了。還好第二座山上冷的要死的冰，及第三座山上熱死人的火，讓他可以稍微抵擋一下睡意。

但到了第四座山，舒服的草地，迷人的果香，對他來講根本就是超級催眠。他不斷的打著哈欠，找到一堆柔軟的草地，靠著一棵斜斜的樹背，闔上眼睛心想著：「就睡一下下吧！我真的不行了！」

「咦！前面那隻不是兔王嗎？他是不是在睡覺呀？」

「噓！小聲一點，別吵醒他，讓我們偷偷超過他。」

「你說的對，上次龜王贏過他後，一下子就在森林裡紅透半邊天，知名度響亮。」

「是呀！只要我們比他早抵達終點，我們一定可以比龜王還紅。」

就在兔王準備進入夢鄉的最後一刻，耳邊卻傳來一陣細微的交談聲。一般的動物也許聽不到這麼細微的聲音，偏偏他那對大耳朵，可以把所有的聲音聽得一清二楚。他努力的睜開千斤重的眼皮，看了眼前一下，理智立刻就斷了線。原來，剛才在他身旁交談的，居然是蝸牛王與毛毛蟲王。

「上次輸給龜王就算了。我這次要是連你們二個都輸掉，我寧可一頭撞死。」想到自己要是真的在這場比賽，輸給蝸牛王與毛毛蟲王，那將來被大家嘲笑的時間，絕對遠超過上次輸給龜王，兔王整個大爆發！動物們都知道，兔王平時雖然表面上溫和可愛的模樣，但一旦被激怒時，會變身為可怕的模樣。

「殺！殺！殺！殺！殺！」

正躡手躡腳，準備悄悄超越兔王的蝸牛王與毛毛蟲王，忽然聽到背後傳來可怕的喊殺聲，緊接著，紅著雙眼、面露猙獰表情的兔王，快速的從他們身邊跳越，而且越跳越快。

「咦！怎麼一回事？」

蝸牛王與毛毛蟲王，渾然不知他們剛才的對話，幫兔王趕走了瞌睡蟲，而且完全的激發了他的爆發力。只見兔王就像是陣白煙般，一下子就

消失在他們的視力範圍。

後來被大家命名為蜘蛛網山的第五座山，對鳥類而言，是讓他們最害怕的一座山。「蜘蛛網山」這名字，其實是他們在爬山的過程中所取的。鳥類們經過前面山頭的阻礙，好不容易飛到這座山，才發現這座山的天空，好像有一道無形的牆擋住，讓他們無法飛越過去，只能降落地面用走或跳的。但山上卻是長滿了一層又一層的藤蔓與樹枝，像是構成了一道又一道天然的大蜘蛛網，令他們難以通過。

平常喜歡在樹叢枝縫中鑽來鑽去的雞王，在這座山中身手特別矯捷，因為他鑽縫的的速度夠快，又比體型較小的鳥類有力氣撥開藤蔓樹叢穿越過去。倒是跟雞王一樣也不會飛，卻喜歡笑雞王腳短的鴕鳥王，在這一山座山爬沒多久，二隻腳就陷在藤蔓的縫裡拔不出來。

龍王在這座山，也被困住很長一段時間。原來，具有能忽大忽小、能飛天、鑽地、游水，還能噴火吐霧的龍王，如果只有自己，他應該可以很容易的到達終點。偏偏他揹著蛇王參賽，為他帶來許多麻煩，主要是比賽這天的天氣太冷，導致蛇王睡得太深沉，怎麼叫也叫不醒。龍王與蛇王身上的鱗片都非常的滑，因此龍王只要一個姿勢不對，或速度快一點，背上的蛇王就會摔下來。偏偏他對蛇王非常有義氣，即便麻煩，他也堅持要把蛇王揹負到終點。但在蜘蛛網山，上面密密麻麻的藤蔓，讓他要在樹縫裡鑽出去時，蛇王總會被上面的枝葉卡住而掉下來。因為這樣，龍王必須不斷重新把掉下來的蛇王扶到背上，還得不斷噴火把樹縫燒出大一點的空間，這令他浪費了不少的時間與力氣。

雖然蜘蛛網山很難通過，但遠遠不及飄浮山來得令動物們心驚膽跳。這座飄浮山，嚴格來說，並不是座真正的山。它除了前半部像座大山外，

動物們一爬到山頂，才發現前面無路可走，而是出現一顆顆飄浮在半空中的大石塊。如果這不是場比賽的話，那坐在山崖邊欣賞眼前的奇景，絕對會是件浪漫的事。但當動物們必須想辦法跳躍，或攀住連結二座山間的繩子前進，才能繼續比賽時，就變成了一件極為可怕的事。

獅王堅持就算是過這麼可怕的一座山也要優雅，才能顯現出他的尊貴不凡。所以，他堅持獅子手下們，必須讓他在椅子上平穩的坐著穿過在半空中的大石塊。灰尾獅只好指揮著一百頭獅子分成三組，一組手腳相連，踏著石塊，用身體組成一座獅身橋；一組則緩緩攀在繩子上，變成一條獅身橫樑；最後一組，則是扛著獅王坐的椅子，踏著獅身橋慢慢前進，上面繩子上的獅子，還必須伸出手來幫忙穩住椅子，避免過於搖晃，讓坐在椅子上的獅王顯得不夠優雅。

經過所有獅子的努力，獅王最後終於能很優雅的經過這座其他動物眼

中十分可怕的飄浮山。只不過，在搭獅身橋時，四隻獅子手滑摔下山底；三隻有懼高症的獅子，因為不敢睜開眼而摔下山底；還有三隻獅子沒有抓穩繩子而摔下山谷。

跟在獅王後面的動物，有的因為懼高症而堅持不敢跳上半空中的石塊，或攀住繩子到山的另一邊，只能放棄比賽；還有的動物要跳到石塊時，沒算好距離，摔到山底。當然，像螞蟻王這類的昆蟲，只能從繩子上爬過去。只是，樹懶王一開始就誇口他最會攀繩，所以很多動物就讓他先攀。哪知道他攀了半天，速度慢到連第一個石塊的上方都還沒到達，失去耐心的動物們，像是蜥蜴王、變色龍王、樹蛙王，紛紛抓住他的身體過到繩子的另一端。結果，樹懶王覺得全身好像被不斷搔癢，受不了的放手摔到山底去了。

接下來的這座山，雖然不會倒退、沒有散發迷人香味的可怕果實、沒

有密密麻麻的藤蔓擋住去路，及一個踩空就會摔到山底的機關，卻是浪費動物們最多時間的一座山。

原來，這座山本身就是一座大迷宮，地上有小路、地底有地道，甚至連天上也有雲所構成的雲路，但無論小路、地道或雲路都是密密麻麻，四處轉彎與交叉。參賽的動物們進入這座山的範圍之後，再怎麼走、繞得暈頭轉向，不是回到原點，就是從山邊冒出來，很難找到真正的出口，去到下一座山。

「怎麼辦？我好像迷路了。」牛王在這座山繞得有點心慌。「再這樣下去，後面的動物趕上來，我們原本的領先優勢就沒了。」

「牛王，你別急，我已經差不多知道這座迷宮的走法了。」一直坐在牛王背上，覺得自己沒有貢獻而有點不好意思的鼠王，進入這座山之後，就知道他的表現機會來了。因為，他們鼠族平常就很愛玩這種迷宮捉迷藏

遊戲，所以每隻老鼠都有記憶複雜迷宮的能力，身為鼠王的他，這樣的能力更是一等一的。

「真的嗎？」牛王不相信剛才彎來彎去的路，居然能被鼠王破解。

「來，先向前走、向右走、再向右走，然後直走……」鼠王開始如同唸咒語般的引導著牛王，沒想到，真的就這麼走出迷宮山了。

老鼠走迷宮的超強能力，在這次比賽後就此流傳開來，一直到現在還是大家津津樂道的一件事。

儘管這十二座山上處處充滿了機關與陷阱，讓動物們吃盡各種苦頭。但有一隻動物，卻是靠著他們族群的聰明才智，在十二座山前輕鬆穿梭，那就是狐王。

足智多謀的狐王，在玉帝宣布十二生肖的比賽後，回家就跟族裡最聰

明的幾隻狐狸們不停的開會，討論如何才能早一步到達終點，搶得十二生肖的寶座。體力不如其他動物的狐狸，知道自己唯有運用腦筋才能打敗其他動物。

狐狸們日夜趕工，畫出各種設計圖，聯手打造的飛行器終於在比賽當天一早趕工完成，其功能之強大，讓狐王感到十分的滿意與自豪。即便是阻擋飛鳥的那座山，狐王身上的那對翅膀，也能伸出旋轉飛刀在樹枝前開出一條前進的樹間隧道。

「咦！已經到盡頭啦？怎麼這麼快？那座牌坊就是終點呀？」狐王駕著他那台能飛、能鑽、能跑，又能爬，還可以噴火及伸出能割斷任何東西的利刀，所向無敵的飛行器，一路上幾乎如入無人之境，自己孤單的在比賽。當他通過第十二座山，飛越河流，看到終點牌坊時，內心感覺有點失落，因為他發現大部分的動物應該都還卡在第三、四座山。他想到自己如

果通過終點後，還得等其他動物等那麼久，實在太無聊了。

「反正時間有的是，太早到的話，我孤單的在那邊等也是無聊，不如來逗逗其他的動物。」狐王把飛行器扭了一下，馬上從原本的快速往前衝轉成快速向後飛翔。他居然又將飛行器調轉回頭，想去整整那些爬山爬到累噓噓的動物們。

「喂！老牛，你這樣子慢慢走，要走到什麼時候啦？還不用跑的，快點啦！」狐王飛到了還在第四座山的牛王前面想嚇嚇他。「還有，上面的鼠王跟貓王，你們居然坐在牛王背上前進，也太偷懶了吧？」

「原來是狐王，你什麼時候會飛了？」牛王被天空中傳來的聲音嚇了一跳，抬頭一看才發現原來是正在飛翔的狐王。

「就是嘛！你弄了個翅膀用飛的，難道就不算偷懶了嗎？」鼠王不服氣的說。

「大家各憑本事，沒什麼偷懶不偷懶的，能擠進前十二名才是真的。」貓王語氣中充滿不以為然。

狐王見他們的反應，感覺自討沒趣，一邊對他們扮著鬼臉、一邊繼續快速的向後飛翔，想再去捉弄一下其他的動物。沒想到他沒注意到後面有一棵突出的大樹，硬生生的撞了上去後，又從樹上摔到地面。飛行器的力量大、速度又快，因此狐王這一撞可傷得不輕，骨頭似乎斷掉了。

「哎唷！救命呀！誰來救救我？」狐王感覺全身好像快散掉了，只能發出微弱的求救聲。

牛王、貓王及鼠王看到狐王的狀況，並沒有過去救援，因為他們得趕時間去到終點。更何況，狐王剛才才戲弄過他們。

「活該啦！誰叫你剛才要笑我們！」鼠王不但沒打算救狐王，還嘲笑了一下狐王。

其他陸續經過的動物，看到狐王的情形，也沒人發揮同情心停下來救援，都匆匆的往十二生肖大賽終點站前進。

狐王就這樣痛得昏了過去。

「喂！糞金龜王，我跟你說，聽說比賽的終點有吃不完的美食喲！我們一定要早點到，才能多吃一點。」豬王眉開目笑的跟糞金龜王說。

他們二個一邊散步、一邊閒聊，一點也不像是在參加比賽，倒比較像是在郊遊。

「是嗎？可是，我覺得玉皇大帝應該不會準備我喜歡吃的美食才對。」糞金龜王嘆了一口氣，因為自己天生的飲食習慣跟其他動物不太一樣，甚至還因此而被其他動物排擠。說玉皇大帝會特別幫他準備喜愛的美食，他才一點都不相信。

「說得也是。」豬王歪著頭想，該怎麼安慰自己的好朋友。「有了，就算玉皇大帝沒準備，可是所有參賽的動物會幫你準備呀！」

「你這話怎麼說？」糞金龜王質疑的問道。

「哈哈，你想想，終點既然有吃不完的美食，那所有的動物一定會跟我一樣想大吃一頓。當他們大吃大喝完，一定就會想嗯嗯的。就像我一樣，每次大吃一頓後，就會想嗯嗯！到時候，你就有滿坑滿谷的美食可以吃了！」

「對呢！你好聰明哦，說得真有道理！我怎麼都沒想到！」糞金龜王拍了拍自己的頭。

「別客氣。」難得被稱讚聰明，豬王有一股飄飄然的感覺。

「嗯！好濃的臭味哦！」糞金龜王靈敏的鼻子跟其他動物不太一樣，其他動物聞到的濃濃果香味，在他聞起來卻是一股濃濃的臭味。

「咦！好像真的有味道，可是我怎麼覺得是香味，沒有臭味啊？」豬王努力的伸著他的長鼻子東嗅西聞，好像的確聞到一股香味。

「我們往前去看看。」糞金龜王催促著豬王。

「哇！好多果實，好香好濃的味道呀！」豬王忍不住閉上眼睛，享受那迷人的味道。

「豬王，你看看右前方樹叢的後面。」糞金龜王拍了拍豬王。

「咦！那是……？」豬王依著糞金龜王所指的方向看過去，樹叢的後面，似乎有隻動物鬼鬼祟祟的躲著。豬王好奇的揹著糞金龜王往前察看。

「剛才的果實一定有問題，吃完之後，肚子就一直絞痛。」樹叢不斷傳來抱怨聲。「唉唷！我的肚子痛死了！」

「咦！這好像是驢王的聲音。」糞金龜王的聲音中透露著無比興奮的情緒。「豬王，再往前靠近，我要確認一下。」

「好的。」豬王依糞金龜的要求，繼續往樹叢邊靠近。「啪！」豬王不小心踩斷一根樹枝。

「豬王你看什麼看？是沒看過人家肚子痛嗯嗯是吧？」驢王本來肚子痛已經很煩，結果一轉頭，居然看到探頭探腦的豬王，不禁大聲飆罵。當然，他沒看到豬王背上的糞金龜王。

「對……對不起。」豬王連聲向驢王道歉，並趕忙離開。

「果然是驢王，我已經找他好久了！」糞金龜興奮的連講話的聲音都有點抖。「終於讓我找到他，真是太令人興奮了！」

「你找驢王幹嘛？」豬王好奇的問。

「難道你沒聞到嗎？傳說中，驢王的嗯嗯，是極品中的極品。」糞金龜王滿臉陶醉的說著。「嗯嗯中的清草香，讓人感覺到躺在草地上吹著徐徐微風的爽快感。當中夾雜著百合花淡淡的芬芳，與玫瑰花濃烈的香味，

還透著混合迷迭香與薰衣草的氣息，就算是在寒冷的冬天，卻讓人彷彿置身在百花盛開的春季裡。」

「是嗎？我怎麼聞不出來？」豬王聽到糞金龜王的形容，忍不住用力的吸了一大口氣，卻是聞不出他所說的感覺。

「豬王，我受不了這香味的誘惑，沒辦法陪你繼續參加比賽了！真是對不起。」驢王顯然已經嗯嗯完，離開樹叢。但嗯嗯完的濃烈味道，卻讓糞金龜王沉醉在其中，完全不想動彈。

「好吧！糞金龜王，你就留下來吧！我完全能體驗美食的誘惑有多大。」豬王很能理解的說道，因為他自己也是受不了美食的誘惑，才趕來參加這場比賽。把糞金龜王放到地上揮了揮手，豬王獨自繼續趕路。

「咦！這是什麼味道？」再次清醒時，狐王其實是被一股臭味所臭醒的。睜眼一看，居然是豬王正扶著自己的身體。

「哇！你醒啦！沒事吧？需不需要我扶你呢？」豬王滿臉關切的問著。

「唉唷！好痛！」狐王看了看真誠關懷著自己的豬王，心中感到一陣感動，不顧豬王身上的臭味，緊緊的抱著他。但他這一動，身體裡頭的器官，好像都快跳出他的身體外，令他覺得痛苦不堪。

「狐王，你不要緊吧？是不是哪裡疼？」看到狐王痛苦掙扎的表情，豬王很想幫忙，卻又不曉得從何幫起。

「豬王，我剛才不小心撞到，受了嚴重的內傷，你能帶我趕快回部落找醫生嗎？不然我可能要活不了了！」狐王知道自己的請求有點無理，因為豬王正在參賽，但他真的覺得自己痛到快死掉了！

「好，好，沒問題。我揹你回去部落。」豬王壓低身子，想把狐王扶上他的背。

「豬王，謝謝你。」看到豬王一口答應，完全不理會比賽的事，狐王內心一陣感動。「不過，你這樣揹著我回部落太慢了，我恐怕撐不到那個時候。」

「那我要怎麼幫你？」

「來，你把我身上的飛行器解下來，然後套到你身上。它雖然剛才有撞到，但當初製造得很堅固耐用，應該沒有壞掉。」狐王有氣無力的指了指自己背部的飛行器。

「好。」豬王依狐王的指示，把那具飛行器解下來要綁到自己身上，可是自己的身體跟狐王相比實在太龐大了，怎麼套也套不進去。

「對不起，豬王，要委曲你一下，把飛行器套在脖子上了。」狐王看了看豬王，知道只有豬脖子勉強可以套進去飛行器。

「好了。」把飛行器改套到豬脖子，雖然擠了點，但果然就套進去

了。

「現在，請你抱著我，然後按下那顆紅色的按鈕。」狐王教導豬王怎麼使用那具飛行器。

「好。」豬王抱起狐王，然後依照他的指示按下按鈕，飛行器果然起飛，帶著他們快速的往狐王部落飛回去。

「豬王，真的謝謝你。」被豬王緊緊抱著的狐王，感覺到豬王柔軟肚子上暖暖的溫度，感覺身體比較舒適一些。

「狐王，別客氣啦！這是應該的。」豬王憨憨的笑著。

狐王在豬王溫暖的懷抱中，沉沉的昏睡過去，當他再醒來時，發現自己已經躺在醫生住處的床上。

「大王，你醒來啦！你傷得有點嚴重呢，幸好有豬王把你送回來。我剛才已經做了緊急治療，只要休養一、二個月，應該就會好起來了！」醫

生說明道。

「咦，豬王，你怎麼還在這，沒重新回去參加比賽？」

「沒關係啦，反正我本來就跑不快，現在再回去也來不及了。我本來也只是聽你說終點的地方有許多美食，而且想說這次的十二生肖大賽有這麼多動物來參加，因此想來湊湊熱鬧，順道吃個美食而已，因此是志在參加不在得獎。現在還要再重新跑一趟，我沒那麼勤勞啦！」豬王講完後，自己還有點不好意思臉紅的笑了起來。

「豬王，真是對不起，都是我害了你。」狐王眼前熱心又善良的豬王，可說是這次在他危急時刻，唯一伸出援手幫忙的動物，想到那些為了趕去終點，連看都不看他一眼的動物們，不禁又是搖頭、又是嘆氣。

「狐王，你別想太多，好好休息，趕快把身體養好比較要緊。如果沒事的話，我就先回豬族部落休息了！」豬王關心的問候完，轉身準備離開。

「豬王，你等一下。」狐王想到這隻又髒又臭又懶又胖的豬王，平時遇到時，可是連看都不想看一眼，甚至今天一大早，自己還故意戲弄他，但危急時刻卻只有他願意幫忙，實在是很過意不去。

「醫生，請幫我把工程狐叫來。」狐王把製造飛行器的總工程狐找來，在他耳邊悄聲說了一些話。

「豬王，請您跟我來。」工程狐將豬王帶到一片空曠處。

「怎麼了嗎？」豬王好奇的問。

「我們大王有交待，要請您務必戴上飛行器重新參賽。不過，我要做一些調整。」工程狐說道。

「啊！不用麻煩了！」豬王現在只想趕快回去部落睡覺補眠。

「豬王，要麻煩您配合一下，不然會令我很為難的。甚至，狐王責備下來，我可能會因此而被處罰！」工程狐充滿懇求的眼神，看得豬王緊張

不安起來。

「哦！好吧！」豬王怕自己不配合，會害工程狐被處罰，只好乖乖的聽話。

「豬王先生，因為飛行器大小很難臨時改變，因此我還是把它套在您的脖子上。但剛才狐王已經跟我說明這十二座山的概況，因此我會把飛行器調整成自動飛行模式，你什麼都不必做，它就會把你送到終點了。雖然你已經落後很多時間，但我的飛行器速度很快，應該來得及讓你趕上的。」工程狐很快的把飛行器重新進行一些調整，然後套到豬脖子上。

「好了，可以了！去吧！」

「謝謝你啊！可是好像有點……」豬王感覺工程狐把飛行器套得太緊了，但那個「緊」字還來不及說出口，飛行器已經帶著他起飛往比賽終點方向快速飛去。他那顆豬頭脹得通紅，只覺得快喘不過氣來了！

八

十二生肖

「過了這條河，終點就到了！」貓王興奮的大叫。

貓王與鼠王騎在牛王背上，歷盡千辛萬苦、不斷趕路，總算越過全部的十二座山。出了山，在他們的眼前是一條寬大的河流，在河流對面的岸上，矗立著一座牌坊，在陽光的照射下顯得耀眼。在牌坊後面的山坡上，則是那座高聳壯觀的十二生肖宮。

「你們二個抓緊，我要準備渡河了！」終於即將抵達終點，雖然身體已經疲憊到極點，牛王的心裡卻是十分的開心。尤其在河的對岸，目前除了牌坊與十二生肖宮，看起來還沒有任何動物，顯然他們是領先抵達的，因此要加緊腳步趕快渡河去，免得在最後被其他動物追上。

「好！」貓王與鼠王異口同聲，難掩心中的激動情緒。

牛王盡可能快速的在水裡划著腳步，載浮載沉著，不會游泳的貓王與鼠王則是緊緊的抓著牛王露出在水面的背部，深怕一個不小心掉進水裡。

「我們好像真的是最先到達的前三名呢！」眼看著就快抵達河岸，剛才在河的對岸看到的牌坊，上面寫著大大的「終點」二個字，周遭卻沒有任何動物，讓貓王興奮的說道。

「是呀！」坐在貓王背後的鼠王，看著感覺越來越大的終點牌坊，及背後那座雄偉壯麗的十二生肖宮，內心也跟著激動萬分。

半浮半沉的牛王，因為嘴巴在水裡，雖然沒有辦法開口講話，卻也是眼眶泛淚的點著頭。

「牛王，這一路辛苦你了！若是沒有你揹著我跟鼠王，互相幫忙的話，我們應該還陷在困難重重的十二座山，沒辦法這麼快就到達終點。所以，等一下就請你先通過終點吧！十二生肖的第一名，應該由你來獲得才對。」貓王感激的說道，一向怕水的他若沒有牛王的幫忙，光是最後終點前的這條河，都很難渡過來。牛王微笑的點頭。

「不對，牛王第一，那我呢？」看著自己前面的貓王，鼠王內心喃喃自語，因為他知道自己最後只能搶第三名的位置。「牛王的功勞很大，但我的功勞也不小呀！剛才在迷宮山，若不是憑著我優異的認路能力，哪有辦法那麼快的通過？」

眼看著就快到河岸，鼠王內心五味雜陳。尤其他想到自己鼠族因為體型小，在森林中講話從來一點分量也沒有，大部分的動物一直不把他們當一回事，這也是他為何這次想盡辦法也要爭取進入十二生肖的原因。

「雖然第三名也是十二生肖，但如果是第一名的話，那代表的榮譽是完全不一樣的。因為，所有的動物都會知道我的排名，還在獅王、虎王、龍王這些偉大的動物前面，是全部參賽動物的第一名，我們鼠族在森林裡的地位，將不可同日而語。」鼠王在內心不斷想像著，自己威風凜凜的樣子，所有的動物見到他都要敬畏三分。但隨即，他又回到現實。「在十二

生肖中，要是排名第一的話，意義完全不同。但畢竟貓王一直都是他最要好的朋友，也是因為他的主意，才能找到牛王一起合作，讓他能坐在牛王的背上，順利的到達終點。而牛王更不用說了，若不是溫和善良的他願意揹著自己參加比賽，而是他自己參賽的話，他應該在很早的山頭就敗下陣來了。我要爭第一名，卻必然得罪他們。」

「不管了，與獲得十二生肖排名第一的榮耀相比，得罪牛王與貓王根本不算什麼。」就在牛王快到岸時，那種在十二生肖排行第一能為鼠族們帶來的榮耀感還是衝昏了鼠王的頭。他趁貓王不注意時，用力的把他給推落河裡。再趁著牛王分心準備救貓王時，趕快跳到陸地上，用飛快的速度衝過終點。

貓王跌落河裡後，很快就被河水沖走，牛王想救也來不及，只好無奈的先上陸地走過終點。

「哇！」鼠王、牛王不約而同的大叫。因為就在他們通過終點牌坊後，十二生肖宮原本空著的外牆凹洞，分別在第一個與第二個位置，閃耀出金色光芒，然後巨大的鼠王、牛王雕像就矗立在裡面。

「沒想到，我真的辦到了！」那巨大的雕像所帶來的榮耀感，讓一向溫和老實的牛王，也不禁替自己感到驕傲。而鼠王看到自己那矗立著的巨大雕像，意謂著自己已經因為這場即將流傳千古的比賽，成為領先所有動物的佼佼者，激動到快昏倒。

過了不一會兒，虎王也上了岸，過了終點，獲得第三名。

「太好了！只是有點可惜！」比賽時，一路努力跑在獅王前面的虎王，原以為可以獲得冠軍，所以當他抵達終點才發現原來鼠王、牛王早就分居第一、二名時，心情有點沮喪。不過當十二生肖宮的外牆上出現自己的雕像時，沮喪的心情沖淡不少。

就在鼠王、牛王與虎王遠遠看到獅王所率領的獅子大隊準備過河時，一道白色的影子，以驚人的飛快速度從河上掠過，直衝終點牌坊而來。直到他過了終點停下來，大家才發現原來那道白影是被蝸牛與毛毛蟲刺激到，殺紅了眼拚命奔跑的兔王，令大家十分驚訝。不過，兔王這次整夜沒睡，又撐著紅紅的眼睛沒命的奔跑，後來的紅眼睛居然就再也回復不了原來的模樣了。

兔王剛過終點，看到十二生肖宮上出現自己的雕像，知道自己終於洗刷上次賽跑輸給龜王的恥辱後，瞌睡蟲馬上又回到他身上。不過，他這次很滿足的躺在一旁，立刻就睡著了！而他這次力抗瞌睡蟲贏得比賽的英勇事蹟，從此也流傳開來，大家都知道「殺紅眼的兔子」是絕對不能招惹的。

獅王被獅子們抬著椅子過河過到一半時，忽然一道黑影從他上方飛

過，獅王抬頭一看，原來是難得一見的龍王。

「咦！龍王的背上掉下來的是……？」灰尾獅看到一條細細長長的東西從龍王的背上摔下來。

「那不是蛇王嗎？怎麼會從龍王的背上摔落下來？」坐在椅子上的獅王看了個仔細，原來那條細長的黑影是蛇王。

「咻！」眼看著蛇王即將跌落河裡時，龍王快速從半空中俯衝下來，以飛快的速度將蛇王接走，朝終點穿越過去。就這樣，龍王自己成為第五生肖，而睡到不醒人事，連自己被龍王揹著比賽，在過程中摔下來很多次都不曉得的蛇王，則獲得了第六名。當然，還在熟睡中的他，連十二生肖宮的外牆上出現自己的雕像都不曉得。

事實上，蛇部落的眾蛇們，在比賽過後很久，一覺醒來，莫名其妙的才知道有這場比賽，而且他們的蛇王居然還在一路睡到底中榮獲第六名，

讓他們蛇族的地位大大提升。當然，這一切都得歸功於跟蛇族一向最為友好，又講義氣的龍王幫忙。

龍王從十二生肖比賽完後，只要進入蛇族部落，幾乎全部的蛇都爭先恐後的幫他鋪上紅地毯、噓寒問暖，想幫他按按摩、捶捶背……各種能表達對龍王的感謝與情義的舉動紛紛出爐。有很長一陣子，龍王被蛇族過度的熱情，嚇得不敢進入蛇族部落。

「哇！一隻、二隻、三隻、四隻、五隻、六隻！」獅王看到龍王載著蛇王穿過終點後，仔細的看著終點的動物一數，居然已經有六隻動物穿過終點在那等著。這意謂著，他現在穿過終點，也只能得到第七名了！

「大王，沒關係，就算是第七名，也是在十二名內呀！」灰尾獅知道獅王內心的想法，趕緊安慰道。

「你身為我的軍獅應該知道，我堂堂一隻帥氣又尊貴不凡，被大家稱為森林之王的獅王，居然不是冠軍也就算了，輸給龍王我還服氣，但連鼠王、牛王、兔王，還有那隻睡到差點掉下河的蛇王都贏過我，你叫我這口氣怎麼吞得下去？」獅王忿恨的說道。

「獅王，我倒是有個主意。」灰尾獅看獅王滿滿的怒氣，忽然想到一個好辦法。

「什麼主意，你說來聽聽。」獅王聽灰尾獅這麼說，知道一向足智多謀的他，一定有好主意。

「是這樣的，既然大王您爭不了第一，那不如乾脆爭最後吧！」灰尾獅建議道。

「現在通過終點排第七就已經有損威風了，更何況還排到最後去。軍獅，你是不是搞錯什麼東西了？」原本期待灰尾獅能提出什麼好主意的獅

王，聽到灰尾獅的主意後，差點沒暈倒。

「大王，您如果刻意排在第十二名，對外就可以說是您故意禮讓其他動物先過，顯現出您的大氣。再說，等您成為玉皇大帝代班的十二生肖後，讓其他動物先輪值，您可以慢慢觀察前面十一種動物輪值時的優缺點，把優點留用，缺點加以改良，那麼您以後將會成為所有動物最期待的輪值壓軸呀！」灰尾獅口沫橫飛的說明他的想法。

「你不愧是我獅族中最聰明的軍獅，說得實在太有道理了，就照你的辦法去做吧！我們先去終點附近等著。」聽完灰尾獅的說明，獅王的態度有了一百八十度的轉變，當場熱情的抱了抱灰尾獅，讚許他的想法。

獅王、灰尾獅，帶著九十頭獅子上了岸後，就刻意走到終點前一小段距離坐下來等著。

獅子們才剛坐下來，就看到對岸一個小小的黑影慢步的走進河裡，原

來是靠著公雞群故意暫停啼叫一天，讓大家睡過頭的雞王。走得慢又飛不遠雖是雞王的最大缺點，但在他用盡心機讓大家睡過頭，加上又提早出發的情形下，總算讓他能在鳥類及所有動物中保持領先。跟他一樣走得慢又飛不遠的鴨王跟鵝王就沒有這麼幸運了，因為他們的腳都有蹼，走起路來搖晃嚴重，比雞王又慢上許多，比賽都已經結束很久，還在森林裡頭半跑半飛的趕路呢！不過雞王此時看起來已經是精疲力盡，但看到終點就在眼前，儘管他不像鴨王、鵝王腳底有蹼方便游泳，還是努力的將雞翅拍著水面往前划。

雞王才剛離岸不久，後面的馬王就追了出來，只見他用力的在岸邊吸了一大口氣後，後腳用力的一蹬，直接飛越雞王的頭頂進入水中，然後快速的踢著腿往前游，一下子就跟雞王拉大了距離。

馬王上岸後，看見一大群獅子坐在終點牌坊前，讓他心裡感到一驚，

不曉得他們蘆葫裡賣什麼藥，是不是背後有什麼陰謀。就在馬王心裡猶豫，腳步略有遲疑時，只見獅王咧著嘴，露出整齊潔白的牙齒，笑著對他招手，似乎在歡迎他抵達終點。獅群們更是分成二邊列隊熱烈的鼓掌迎接，讓馬王感到受寵若驚。馬王不曉得到底發生什麼事，只能回報一個大大的笑容，然後快速的通過終點。

原來，獅王為了刻意顯現自己是讓其他動物先通過的大氣，才用這樣的方式歡迎其他參賽動物的到來。

而被馬王剛才那一跳的水花濺得全身狼狽不堪的雞王，知道自己已經快沒力氣，使出吃奶的力氣拍著雞翅，學馬王踢著腿，賣力的向前，總算離對岸越來越近。但就在此時，一隻動物用滑稽的姿勢滾著一段木頭出現在對岸邊，上頭還坐著另一隻動物。大家仔細一看，居然是猴王坐在羊王身上。但羊王看起來動作有點瘋狂，一下子往左衝、一下子往右衝，一下

子又想後退。不過每當他的方向不對時，猴王就會用力的拍打他來修正方向。

原來，一向最有品味的猴王，即便是在比賽中也堅持要使用最優雅的姿勢比賽，因此用雙手在十二座山之間，賣力的抓住各種可以抓的東西，以美麗的弧線來擺盪身子，快速的往前進。但從來沒這麼長時間使用雙手的他，到後來早就已經沒力，只能讓雙手休息，改用雙腳走在地面上。不過，用雙腳走路的速度畢竟還是差在空中擺盪很多，讓他邊走邊擔心。尤其他走了不久，就被身旁一道快速通過的白影嚇到，好不容易看清楚那是兔王，卻已經離他好長一段距離。後來天上飛過的龍王，及快速奔跑而過的馬王，更讓他越走心情越不好。

「咦！那是？」就在此時，猴王看到羊王從面前飛奔而過，但跑的方向卻不是到終點的方向。就在他感到十分懷疑時，羊王又從另一個方向衝

了出來，猴王此時看出他的表情不太對，像是喝醉酒一般，一點也不像羊王平常表現出來的斯文有禮的模樣。

「這隻羊王不曉得發生了什麼事，瘋瘋癲癲的，速度卻超快。」沒過一下子，羊王又從另一個方向往他衝了過來，猴王突然想到一個辦法，就爬上了樹，趁羊王衝過來時跳上了他的背，騎在上面。猴王發現羊王比想像中的還好控制，只要拍打他一下，就會往另一個方向跑，於是他就騎著羊王快速的往終點衝去。到河邊時，他還找了一段木頭，讓羊王四隻腳不停的翻滾那段木頭渡河前進，居然不久後就超越了精疲力盡的雞王，比他還先登上岸。

「呃！」獅子們看到這個情況，個個嚇到目瞪口呆，二隻手在半空中忘了拍掌歡迎。等到他們意會過來要開始拍掌時，猴王早就騎著羊王，快速的衝過終點。

「唉，都是那群獅子害我嚇得失神，結果居然輸給了羊王。」猴王剛上岸看到那一大群獅子嚇了一跳，害他忘了先讓羊王停下來，好令自己先通過終點，結果羊王載著他通過終點，排名比他還前面，令他有點懊惱。

「算了，差一名就別太計較了。羊王載著我，也算是有功勞，就當是回禮吧！雖然他要是沒有我的話，現在應該還不知道在哪座山亂跑一通，絕不可能到達終點。」猴王看到十二生肖宮牆壁出現自己的雕像後，自我安慰道。

「羊王，你怎麼了？」本來打算比賽完趕緊去找羊王的牛王，看到他居然載著猴王通過終點後，本來還很開心他沒事。結果剛過終點的羊王，卻一下子就倒在地上抽搐，讓他擔心不已。

「加油！加油！雞王！加油！」終點前傳來獅子們的鼓譟加油聲。原來，就在雞王終於快游到對岸時，狗王在對岸下了河，快速的朝終點游了

過來。眼看雞王再過不久，可能就要被狗王超越，原本氣憤雞王害大家睡過頭的獅子們，這時候反倒同情起較為弱小的雞王，紛紛賣力的拉開喉嚨幫他加油。

「謝謝大家！謝謝獅子們！」雞王終於在加油聲中，一鼓作氣，總算游上了岸。筋疲力盡的他，半走半爬半滾的朝終點前進。他的奮戰精神，讓好多獅子紅了眼眶，充滿感動的淚水，拍紅了雙掌替他加油。

「雞王，你是最棒的，加油！」雞王微笑的答謝獅子們，賣力的往前，總算趕在狗王抵達終點前，先伸出了一隻雞腳穿越了終點牌坊。

「……九、十、十一。大王，該是您上場的時候了！」灰尾獅仔細清算，從鼠王到狗王，剛好十一隻動物通過終點，因此示意獅王可以過終點了。獅王很帥氣的整理一下頭髮，拍了拍身上的灰塵，並下令獅子們從椅子下拿出一條紅毯子鋪在他的椅子到終點牌坊後，才慢慢的走下椅子朝終

點前進，準備在獅群們如雷的掌聲中，風光的通過終點牌坊。

「森林之王，壓軸登場！森林之王，壓軸登場！」獅群們在灰尾獅的指揮下，以熱烈的口號與掌聲歡送獅王邁向終點。獅王一邊緩步行走、一邊朝著獅群及前面十一隻領先抵達終點的動物不斷揮手、獻出飛吻，就像是個巨星般出場。

就在獅王踏著紅毯，準備抵達終點時，一個黑點由對岸的天空出現，並越來越大，用不可思議的速度朝終點飛來。

「救命啊！我快要喘不過氣來了！」天上那個黑點越來越近，原來是脖子戴著飛行器的豬王。只見豬王的脖子被狐王的飛行器緊緊勒住，快要喘不過氣，而不停叫喊。

「咦！那是？」獅王與獅群聽到後方天空中傳來的喊叫聲，不約而同的轉身，看到眼前豬王困窘的情況，不禁都啞然失笑。

只是，他們沒笑多久，就發現情況不太對勁。因為，豬王以飛快的速度飛向終點。

「不對！」當獅王察覺情況不對時，連忙轉身回頭，伸出腳準備搶先踏上終點牌坊。但就在這時候，豬王硬生生的撞上獅王，同時倒向終點牌坊的另一邊。

「重死了！你這隻豬，快離開。」獅王被豬王壓在身上，完全無法呼吸。更不用說，剛才被天上飛下來的豬王撞在身上，覺得全身的骨頭都快散掉了。

「大王，您沒事吧？」灰尾獅與獅群們衝到獅王身旁，把豬王抬開，將獅王扶了起來。

「對……對……不起，獅王。我不是……故意的。狐王幫我脖子上綁的這個東西，我也不會控制。」豬王爬起來後，趕快向獅王道歉。

「你離我遠一點……」獅王及獅群們，聞到豬王身上那像是不曉得幾天沒洗澡的味道，紛紛捏起鼻子。

「亮了！亮了！恭喜大王！」十二生肖宮牆上的最後一個凹洞，發出了一陣閃耀無比的光芒，讓獅群們興奮的大叫。

「啊？」

「什麼？」

「有沒有搞錯呀？」

十二生肖宮的最後一個凹洞，出現的居然不是獅王，而是豬王的雕像。

豬王，成為了十二生肖的最後一個成員，將在玉皇大帝的代班輪值時壓軸登場。

「不，明明是我先到的，這並不公平！」看到眼前的情況，獅王帶頭

大聲的抗議著，提出當選無效之訴，他完全無法接受這樣的結果。

「不，這座終點牌坊是最公正公平的。」天上傳來了玉皇大帝的聲音。「剛才，你跟豬王看似同時通過終點，但其實他的豬鼻子領先通過了牌坊。所以，第十二名是他並沒錯，你是第十三名。」

「不，我無法接受。」獅王滿心期待的結果，居然因為一顆豬鼻子，輸給眼前這隻看起來既懶又愛睡覺，身上傳來不曉得幾天沒洗澡味道的臭豬王，他感覺自己快崩潰了。

「嗚～～」獅王悲奮的怒吼著，同時眼眶泛紅的流下眼淚。

「啊！獅王流淚了！」

「天啊！」

「這是我第一次看到獅王流淚。」

「一向尊貴高傲的獅王，居然也會流淚。」

獅王的淚水，讓在場的獅群與動物們同感驚訝，當然也包括豬王。

「玉皇大帝，我可不可以把我的位置讓給獅王呢？我不想當什麼十二生肖。」豬王滿懷愧疚的抬起頭，向天空大聲喊道。

「你在說什麼？這麼正式隆重的比賽，名次既然已經決定，十二生肖宮上已經出現你的雕像，怎麼可能說改就改？」天空中傳來玉皇大帝的聲音，語氣中帶著責備。

「可是……可是……」豬王很想再推辭，好把自己的位置讓給獅王。

「沒什麼可是了。結果就是如此。」玉皇大帝的語氣十分堅定。

「比賽結束，十二生肖已確定！」玉皇大帝的聲音傳遍整個地面，所有的動物都聽得一清二楚。就在此時，原本用來比賽的十二座山隆隆作響，慢慢降回原本的平地模樣。終點前的那條大河流，也一下子消失不見，連終點牌坊也消失了。

「哇！」看到玉皇大帝施展的強大力量，獅王不禁放聲大哭，因為這樣偉大的力量，將來列入十二生肖的動物族王都能擁有，他這個堂堂的森林之王，卻沒機會。甚至可以說，經過這場比賽後，他將在十二生肖動物的面前矮上一大截，抬不起頭來了。

「已經名列十二生肖的動物族王聽到。」玉皇大帝威嚴的聲音再次從天空傳來。「請你們回到族裡交待好你們不在時的處理事宜，三天後，請你們到十二生肖宮裡集合，我將傳授你們掌管天地的法術。」

「哇！太開心了！」已經名列十二生肖的動物們都雀躍不已，開心自己所即將擁有的偉大力量。當然，還在沉睡中的蛇王例外。

「恭喜！恭喜！」後到的動物們，紛紛向這即將成為玉皇大帝代班的十二生肖動物道賀。歡樂的氛圍，更讓一旁的獅王與獅群們感到落寞。

「鼠王，你給我出來。」動物群中出現一個聽起來非常憤怒的聲音。

「咦！」動物們紛紛回頭察看聲音來源，原來是貓王。他被鼠王推落河裡後，被水流沖走，不會游泳的他差點被河水淹死。好在比賽結束，河流消失。他氣極敗壞的要來找鼠王報仇。

「你真是太卑鄙了，為了搶下第一名，居然不擇手段，不但害我差點在河裡溺水淹死，也讓我無法進入十二生肖。」貓王一邊氣憤的說道，一邊把他如何幫忙鼠王，剛才卻被他推下河裡的經過說給在場的動物們聽。

「鼠王真是太可惡了！」

「忘恩負義的傢伙。」

「這樣的傢伙，哪有資格當玉皇大帝的代班。」

當大家議論紛紛、同聲譴責卑劣行為的鼠王，要回頭找他時，卻早已不見他的身影。原來，他早就知道事情不妙，已經趕快逃離躲藏了。

「可惡的鼠王，將來我們貓族跟你們鼠族勢不兩立。」貓王忿憤的說

道。貓族與鼠族的心結與世仇，從此流傳至今。每當貓族看到鼠族，總是想撲上去報仇。而鼠族看到貓族，總是躲得遠遠的，平常為了怕其他動物指指點點，也只敢在陰暗的角落生活。

「玉皇大帝，我要抗議。鼠王、牛王他們為什麼可以提早出發？這樣不公平。」就在貓王的憤怒吼叫聲剛結束，一直在旁邊看著落寞獅王的灰尾獅，此時忽然朝天空大聲抗議，提出當選無效之訴。因為，他忽然想到，獅王下令獅群一早就把第一座山擋住，不讓其他動物通過。除了虎王搶在他們前面之外，照理說，其他動物都應該要排在他們後面才對，但為什麼鼠王與牛王可以搶先到達？唯一的可能性，就是他們比其他動物先出發。

「對啊！比賽都已經結束了，從沒醒來過的蛇王，也能成為十二生肖嗎？這樣怎麼公平？」狼王也跳出來抗議。原來，狼王因為公雞沒有啼叫

而睡過了頭，一路上不斷飛奔，嚇退其他動物，最後差一點點擠進十二生肖，獲得第十四名。他看到灰尾獅抗議，連忙跟進提出當選無效之訴。他心想，要是鼠王、牛王及蛇王被撤消資格，他就可以進入十二生肖了。

獅王聽到灰尾獅及狼王的抗議後，也有相同的想法，原本沮喪的臉，突然精神為之一振。

「鼠王，牛王，還有……蛇王，你們有沒有什麼要說明呢？」玉皇大帝的聲音從天空傳來。

「我……我……」一向老實木納的牛王，剛才聽到灰尾獅及狼王的抗議，早就嚇得全身冒冷汗，結結巴巴的不曉得如何解釋。

「玉皇大帝，我還記得您那天宣布比賽時，只說一個月後的第一道陽光，從十二座山的第一座開始比賽。但您並沒有說是從山頭還山尾，因此我們當然是選擇從最近的地方出發。」原本已經躲起來的鼠王，看牛王結

結巴的樣子，擔心自己的寶座要是真的被玉皇大帝收回，那費盡心機還得罪貓王的結果都白費，只好硬著頭皮探出頭來大聲說明。

「你這忘恩負義、行事卑鄙的傢伙，居然還有臉敢出來，看我不咬死你。」貓王氣憤的就要往鼠王撲過去。

「貓王，不得動手，你當這是什麼地方？」玉皇大帝威嚴的聲音從天空傳出，讓貓王嚇得只好停住動作。「我知道你很生氣，獅王與狼王，或者其他動物也有不服氣的地方。但我必須說，比賽的規則的確是如此。當初，我只說你們誰能先到達終點就可以成為十二生肖，但我並沒有指定你們得使用哪種方法。而且就像鼠王說的，我只指定從第一座山出發，並沒有說一定得從山頭還是山尾出發。」

「玉皇大帝說的沒錯。蛇王雖然一遇到天冷就會沉睡不起，但我相信他會是玉皇大帝稱職的代班，必要的話，我也會幫助他，就像我在這次的

比賽中協助他一樣。」一直在角落選擇沉默的龍王，此時附和玉皇大帝的話說道。這時，大家才發現一向低調的龍王不喜歡如此多動物的場合，縮成蚯蚓般的大小，藏在某個角落，外面還有一層小小的霧氣籠罩著，完全無法看清他的長相。

「的確，友情、聰明、體力、計謀，甚至是像獅子們的團隊合作，都可以是贏得這場比賽的元素。」玉皇大帝的聲音再度從天空傳下。「如果沒有其他問題的話，這場比賽的結果就確認了。接下來，就讓我們好好的看看這十二生肖，是否能擔任我稱職的代班，讓我能好好的休息一下了！」

九

掌管天地的訓練

「豬王，你的動作可不可以快一點，大家都在等你呢！不是七早八早就把你叫醒了，怎麼還會遲到？」一向最準時的雞王，在十二生肖宮前早已等得不耐煩，拉開嗓子，對著還在遙遠的另一頭趕來的豬王喊道。

「好了！好了！我已經在盡快了！」已經跑得上氣不接下氣的豬王回答道。

為了今天開始的一個月訓練，豬王前一天特地請求雞王派一隻叫聲最嘹亮的公雞，一早來豬族部落叫醒他，以免遲到。哪知，豬王正在作一個美夢，雞王已經叫到喉嚨啞掉發火還是叫不醒他，最後還是用他的利爪在豬王身上用力的抓了幾下，才讓豬王痛醒。本來打算早起先洗個澡再出發的他，最後不但沒時間洗，還拖著既髒又臭的身體遲到。

「早知道，那具飛行器就不要那麼早還給狐王。」豬王一邊賣力的加快腳步向十二生肖宮邁進，一邊低聲咕噥著。

「好了！大家都到齊了，可以進來十二生肖宮，準備開始訓練課程了！」玉皇大帝的聲音從十二生肖宮裡傳出。

大門緩緩的打開，動物們迫不及待的進入宮內。

「我的天，好氣派壯觀的宮殿。」

「這是我所看過最美的建築了！」

「這大廳，難道是玉皇大帝從天上搬下來的？」

「這裡頭的美，我已經不會形容了！」

榮獲十二生肖的動物們，剛踏進十二生肖宮，就被裡面氣派非凡的大廳給嚇到，讚嘆聲此起彼落。

「大家請安靜。」玉皇大帝的聲音迴盪在大廳裡。「在大廳後方的大金爐上，依序插著十二枝權杖，請你們將屬於自己的那枝權杖拔出來，再回到大廳中央。」

動物們剛剛進來只注意到十二生肖宮裡頭的雄偉氣派，此時聽到玉皇大帝的話後，往大廳的後方看去，果然有一座不小的金色爐子，在他的周圍有十二個圓孔，圓孔裡插著十二枝權杖。動物們紛紛走到金爐旁，從圓洞裡拔出屬於自己的權杖。那十二枝金色的權杖，每一枝都有著華麗的裝飾與精美的雕刻，權杖頂端則鑲著十二生肖動物們的頭像，因此一眼就可以認出屬於自己的那枝權杖。

「哇嗚！」握著手中那沉甸甸的精美權杖，動物們邊輕撫邊讚嘆，慢慢走回大廳正中間。

「我的天呀！它居然會縮小。」十二生肖裡身體最嬌小的鼠王，費了點力氣才爬上那個大金爐。當他看到屬於自己的那根權杖，還在猶豫著自己怎麼拿得起來時，沒想到手剛一觸摸到，權杖馬上就縮小到剛剛好適合他握住的大小。但是鼠王來不及有多餘的時間讚嘆及好好欣賞自己的權

杖，因為耳邊已經傳來玉皇大帝的聲音。「來吧！十二生肖們，請拿著權杖到大廳中，站在屬於你們的位置上，我將要開始傳授你們如何使用這枝權杖的技巧。」

鼠王連忙拿著權杖爬下金爐，往大廳中央跑去。大廳的地面透著一層讓人感覺非常舒適而溫暖的淡鵝黃色光芒，中央由十二個大大的圓圈圍成一個更大的圓，十二個圓圈裡頭則是烙印著屬於他們族群的圖像。另外十一生肖此時已經分別站在屬於他們的圓圈裡面，大家的眼神依然不斷的打量著這間宮殿的每個角落，顯然他們還是對這個地方十分的好奇。鼠王趕緊跑進那唯一還空著的圓圈，自己的身體站在那很大的圓圈裡頭，與其他動物相比，顯得十分的空曠。

「接下來的一個月，我將會在這裡教會大家如何使用你們手上的這枝權杖掌控天地。」玉皇大帝的聲音由金爐的方向傳來，大家不約而同轉頭

望去。

「原來玉皇大帝跟我一樣都是老鼠。」鼠王見到另一隻老鼠朝大廳中央走來，不禁高興的說。

「你這隻老鼠又在搞什麼鬼？玉皇大帝明明就是隻牛。」自從上次在比賽時，鼠王居然在自己的背上把貓王推落河中，並搶走原本說好屬於自己的第一名位置，一向溫和老實的牛，也不禁十分討厭鼠王的狡猾卑劣手段。這時，在鼠王隔壁圓圈裡的牛王，看到眼前的玉皇大帝，明明就跟他一樣都是隻牛，鼠王居然說他是老鼠，一定不曉得又在耍什麼詭計了！

「咦！玉皇大帝跟我一樣是虎啊！」

「沒想到玉皇大帝是隻雞？」

「好險，原來玉皇大帝跟我一樣是隻豬，這樣應該會多照顧我吧？」

原來，在十二生肖的眼中，朝大廳中央走來的這隻動物，都跟他們同

族。

「你們眼前的我，只不過是個幻影。為了用你們更為熟悉親切的方式來教導你們，所以你們眼中的我都跟你們是同類的。鼠王的眼中，我就是一隻跟他一模一樣大小的老鼠；而牛王眼前所看到的，則是一隻體形壯碩的牛。」在動物們的驚呼聲中，玉皇大帝做出了解釋。原來，幻影就是玉皇大帝的化身。「這只是一個簡單的法術技巧，等你們將來在代班時，可以經常運用。在掌管天地時，最高的境界，便是讓所有的生物完全感受不到你們的存在，彷彿一切都是自然發生、沒有受到任何干擾的一樣。」

幻影慢慢的移動腳步，走進那個大圓圈中。動物們內心都覺得納悶，眼前的這隻動物如此真實，怎麼會是幻影？如果動物們知道，眼前的這隻動物不但是幻影，而且他其實跟每隻動物都呈現面對面的狀況，他們一定會更驚訝。

「首先，我要向大家說明的是，修煉法力是件非常困難的事。特別是你的法力要偉大到足以控制整個天地，就算在非常順利的狀況下，至少也得有幾萬年的修行。」幻影神情嚴肅的說道。

「幾萬年？」

「天啊！」

「所以我們要幾萬年後才能開始代班嗎？」

「可是，我們的訓練不是只有一個月？」

聽到幻影的話，動物們騷動了起來。

「我現在已經迫不及待要去休假了，當然不可能要你們修煉幾萬年後才來代班。」看到動物們的反應，幻影微笑的說道。「解決的辦法，就在你們手上的那枝權杖。」

「我們手上的權杖？」動物們不約而同的問。

「是的。一個月後，當你們訓練完，我會把足以掌管天地的偉大法力，傳進剛才你們拔出權杖的那個金爐。這個金爐會依照次序，將法力輪流傳進輪值生肖的權杖中。因此，你們只要花一個月的時間，學會如何使用這根權杖，便可以掌控天地，而不必要先花個幾萬年修煉。」

「原來如此，那這根權杖還真是太重要了！」動物們看著手中的權杖，才知道原來自己未來將靠著它來掌控天地。

「沒錯，這根權杖非常非常的重要，在輪值代班期間，你們必須將它當成比自己性命還重要的寶物，非常小心的使用與保管它才可以。一旦權杖弄丟、出了任何差錯，很可能為天地間帶來重大災難。」幻影很慎重的說道。

「請放心，我一定會很小心的保管使用。」

「我要用條鍊子把它跟我綁在一起。」

「它絕不會離開我的視線半步。」

動物們知道事情的嚴重性，紛紛向幻影保證，一定會好好使用與保管他們的權杖。

「蛤？這根權杖這麼重要呀？這不是要我的命嗎？」一直都很容易弄丟東西的豬王心中暗暗叫苦，想到將來擔任輪值時，要保管這枝權杖一整年，他真是一點把握也沒有。

「很好。現在我要開始訓練大家如何使用這根權杖。它現在在訓練狀態下，只有小小的法力，因此你們可以盡情練習，也不會造成任何傷害。」幻影繼續說道。「首先，你們頭腦中的念頭，在很專注時，就會與這根權杖互相感應，而發生強大的力量。例如，我們來製造一陣風，吹動牆上的那面旗子。」

動物們往牆上一看，原本充滿雕飾花紋的牆面，不曉得什麼時候冒出

了一面旗子。眼前的幻影，用專注的眼神盯著那面旗子，揮動著權杖。原本應該不會有風的密閉宮內，忽然憑空生出一陣風，吹得那面旗子不斷飄動。

「哇！太神奇了！」

「我要趕緊來試試。」

動物們迫不及待的要進行他們的第一次練習。

「來，試著專注你們腦海中的念頭，把風吹向屬於你們的旗子。」幻影說完，揮了一下權杖，牆壁上忽然出現十二面有動物們圖案的旗子。

「風。」動物們各自聚精會神，將權杖指向自己所屬的旗子，試著要製造出一陣風來吹動它。

「咦？怎麼動也不動？」

牆上的旗子，沒有一面被吹動。

「你們的內心，依然不夠專注。」幻影笑著說道，似乎這一切早就在他的預期當中。「來吧！先從你們的手開始，會比較容易。將手放在身體前面，然後很專注的看著你的手掌，想像權杖產生一陣小小的風在你的手掌上面，然後越來越大，成為一個能在手掌上跳舞的龍捲風。」

動物們紛紛拿起手中的權杖，專注的盯著自己的手掌。

「咦！我的豬蹄怎麼變這樣了？一段時間沒去看它，沒想到現在多了這麼多條皺紋。唉！想當年，我身上的豬蹄，是豬族裡公認最細嫩有型的，多少豬女孩排起長長的隊伍，就是為了想要握握它……」豬王舉起自己的豬蹄後，不禁想起了往日的美好時光。

「喂！請你專心一點好嗎？」一陣嚴厲的斥責聲，將豬王拉回了現實中，幻影所變成的豬正怒目瞪著他。

「是，是。我會專心一點。」被嚇了一大跳的豬王，趕緊專心的要在

腦海裡想像一陣風吹到自己的豬蹄上。

「哇！成功了！」豬王耳邊傳來施法成功的驚呼聲音，原來是牛王成功的讓權杖在自己的上手吹起一陣風，令他高興得手舞足蹈。

「真是奇怪了！居然是牛王第一個成功。」

「牛王不是最木納老實的嗎？」

動物們看到牛王先成功，心裡都感到很納悶，因為牛王一向被公認是動物界中最老實木納，甚至是有點魯鈍的，沒想到卻是最先掌握運用權杖的技巧。原來，牛王的心思最單純，因此他不像其他動物一樣，會刻意去想怎樣讓權杖在手上吹風、也不會去想成功失敗的問題，就只是很單純的看著權杖，在腦海裡想像著風吹在自己手上的感覺，就成功的令權杖施展出法術來。

「我也成功了！」總是能向著目標不斷往前跑去的馬王，做事的專心

度也是很多動物比不上的，他成為第二個成功者，其他動物倒是不意外。

「哇！手掌終於有風了！」

「好感動，第一次成功施展法術！」

「媽呀！我的風終於出來了！」

動物們在幻影的不斷指導下，陸續成功的施展出自己的第一次法術，紛紛感到無比的雀躍開心。

不過，就在此時，動物們聞到一股臭味飄散開來，紛紛捏著自己的鼻子，卻只見豬王咯咯的笑著。

「豬王，你在笑什麼？」由幻影變成的豬捏著鼻子問道。

「沒有，我剛才想著自己放的屁，如果很大……很大……應該也可以變成一陣風，就覺得很好笑。」

「呃！」

「哇咧！」

幻影與動物們生氣的瞪著豬王，因為他們知道剛才為什麼會飄散出那股臭味了！

動物們就在幻影的帶領下，一步一步的展開各項學習。雖然有的快、有的慢，但在幻影的嚴格督促下，都能逐漸掌握使用權杖的技巧。

「除了使用意念來控制權杖之外，必要的時候，一些特別的法術必須搭配咒語才能發揮。因此，接下來所教的這些咒語，你們要想辦法記住，才能讓權杖的法術施展能全面發揮。」這天下午的課程，幻影開始說明一些使用權杖的進階技巧。

除了豬王之外，所有的動物無不聚精會神的仔細記下每個咒語的使用方式及時機。

「哈呼！」豬王又打了一個哈欠。整個下午，他已經打了不下一百個哈欠。幻影的講解，就像是催眠曲一般，讓他昏昏欲睡。豬王的眼睛越瞇越小，前面幻影的眼睛卻是越瞪越大，讓豬王在驚嚇之餘，重新努力的把眼皮盡可能的再睜開。一整個下午，豬王的眼皮就在睜開與閉上之間不斷拔河。

「這玉皇大帝也太不近人情了，下午的時間就該用來睡覺，上什麼課嘛！」豬王努力的一邊睜開眼皮、一邊在內心抱怨著。因為在這幾天下來的訓練，每到下午，幾乎同樣的情形一再上演，因為前進十二生肖宮訓練前，這一直是他的午覺時間。他最喜歡在涼涼的樹蔭底下睡午覺，最好睡到眼睛一睜開來，就是美美的夕陽，然後邊散步邊回家準備吃晚餐，這是令他感到最幸福的事。「唉！如果能退出這十二生肖，好好回家睡午覺該有多好！」

「豬王，專心一點。既然入選十二生肖，就該好好完成你的任務，這也是你與豬族的榮譽。」幻影顯然看穿豬王的心思。

「是，是，我知道了。」豬王被幻影的話嚇了一跳，不敢再胡思亂想。

一個月的時間很快過去，所有動物在幻影的指導下，完成在十二生肖宮裡的所有訓練。

「你們已經完成所有的訓練。很多的法術，必須從實際應用當中去揣摩。因此，在接下來開始進行輪值時，你們必須要盡可能去體驗當中的運用奧妙，漸漸學會掌控天地的技巧，帶給所有的動物們更美好的生活。只要你們願意努力、用心，相信你們甚至會做得比我更好。」幻影語重心長的交待著。「記得，你們最重要的任務，就是為所有的生物帶來一個有秩

序、更美好的世界。」

「好的，我們會盡我們所能的做到最好。」十二生肖異口同聲的回答。

十

玉皇大帝的代班

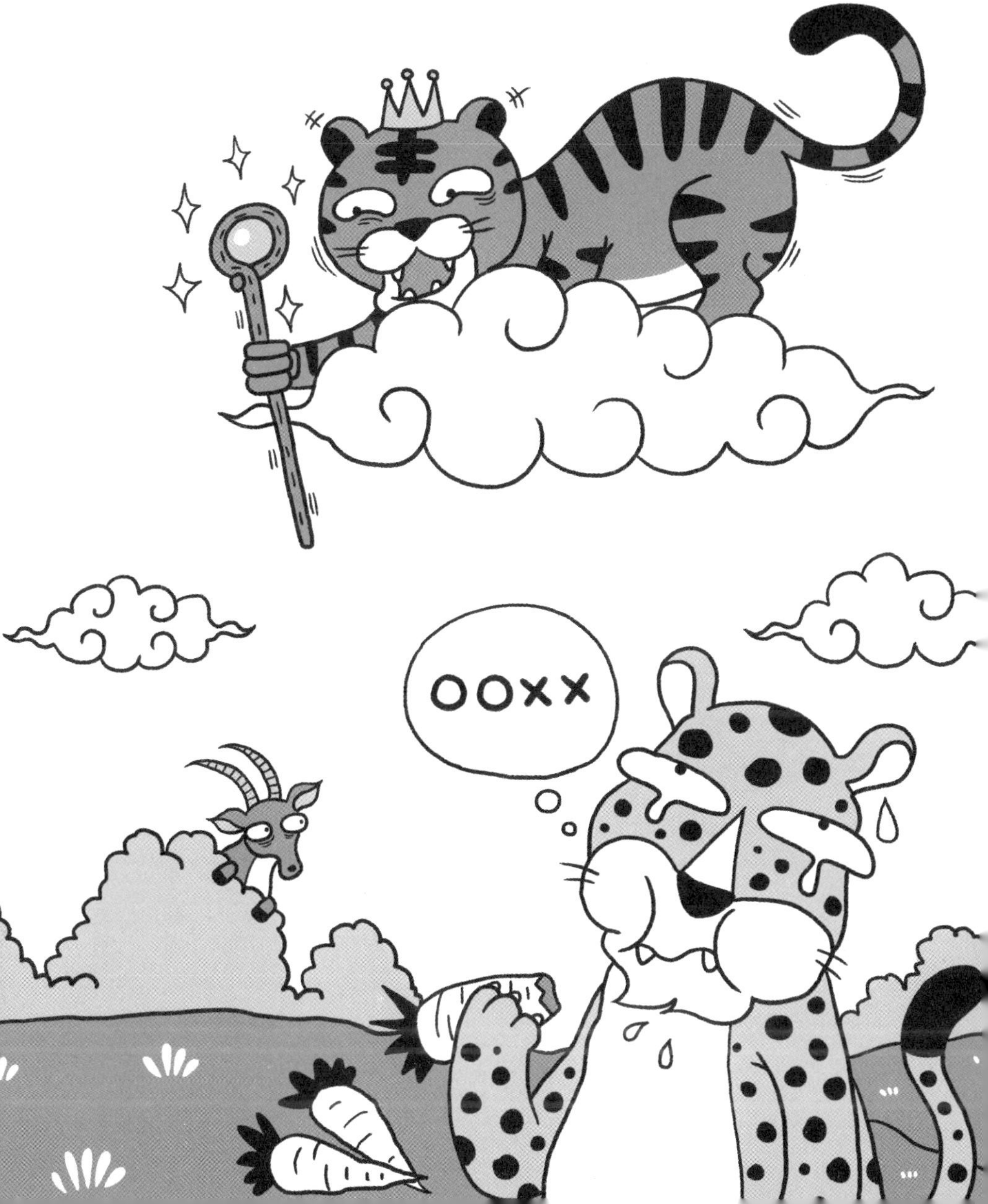

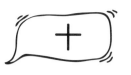

「多麼精美的鼠神權杖啊！」鼠王在其他動物的歡送聲中緩緩走出十二生肖宮，在權杖的法力支持下，輕易的飛上天，踏著雲彩，向下望著大地。左手握著那根他專屬的權杖，右手輕輕的撫著權杖上細緻的紋路與雕刻的花飾，及權杖頂端那顆栩栩如生的頭像，他心裡十分得意陶醉。這根權杖，不僅代表著他與鼠族的榮耀，更代表在接下來這一年，他將擁有掌管天地的偉大力量。

「雖然得罪了貓王，被其他動物暗暗嘲罵。但，這一切都值得。」想到自己最終獲得十二生肖第一名的頭銜，成為第一個擁有掌管天地力量的動物，鼠王覺得一切已經足夠。

「只要我盡心盡力，擔任好玉皇大帝的代班，相信動物們不但不會再嘲罵我，還會反過來讚揚與羨慕我！今天開始起的一年，我的名字就叫『鼠神』。」這段時間以來，所有的動物都在咒罵嘲諷鼠王忘恩負義，以

卑劣的手段取得十二生肖第一名位置，他自然都聽在耳裡。所以鼠王這段時間來，戰戰兢兢的學習如何使用這根權杖，及掌管天地的注意事項，深怕漏掉任何一個細節，為的就是正式上任後，能拿出令人信服的最好表現，讓大家忘掉這件事。

「來些溫暖的陽光吧！」鼠神揮動權杖，原本冬日微弱的陽光，瞬間大放光明，不斷的朝原本結冰的地面送出令動物們感到滿滿溫暖的光芒。看到原本冷得躲在角落的動物們，因為自己施展法術調整陽光的關係，而敢出來伸展身體活動，鼠神不禁感到得意洋洋。

「對了，那隻貓王在哪裡？我一定得要好好整整他。」鼠神聽說這一個月來，貓族不斷的散播他在比賽中推落貓王，以不當手段取得十二生肖位置的事情。雖然他對不起貓王是事實，但對於自己的醜事被不斷散播，他卻是非常的生氣。

「有了，在那裡。」鼠王很快發現貓王的位置。事實上，手握著權杖的他，能輕易的將千里之外的一隻螞蟻看得明明白白、萬里之外一根針掉到地上的聲音聽得一清二楚。遠在百里之外一座森林，貓王正口沫橫飛的在跟一群鴨子講述鼠神在比賽中所做的事，他巴不得讓每個角落的所有動物都儘快知道這件事。

「起風。」鼠王緊握著權杖揮動。

百里外的森林忽然起了一陣狂風，讓貓王站不穩，連滾了好幾個筋斗。奇怪的是，旁邊的那群鴨子一點事也沒有，風完全沒吹到他們身上。原來，鼠神為了洗刷罵名、在輪值時力求表現，在十二生肖宮裡的訓練十分的用心，在法術施展上的表現，連幻影都非常稱讚。

「真是奇怪了！」貓王從地上爬了起來，拍了拍身上的灰塵，再度上前想跟鴨子講話。一陣狂風又再次吹來，依然讓他連滾好幾圈，鴨子也依

然沒事。他爬起來想再試，便再次遇到相同的情形。

「居然有這種怪事，算了，不講了！」連試了幾次，貓王終於放棄，垂頭喪氣的離開鴨群。

「好了，該開始來辦正事了！」鼠神看貓王放棄後，內心一陣暗喜。不過開心完，他便開始正經八百的採取更多行動，想扮演好玉皇大帝代班的角色。

鼠神在天上努力巡視著。

「這個地方，需要來場雨。」他看到一片枯萎的草原，揮動權杖，讓天上開始下雨，滋潤地面，為草原重新帶來生機。

「這裡需要一大片雲朵。」他看到沙漠上一隊駱駝正頂著高照的艷陽，在炎熱的氣溫下趕路，於是揮動權杖調來一大片雲朵在上方幫他們遮陽。

「這裡需要同時來一場大風與微風。」原來，他看到地面上的樹林頂端，一群鳥兒正在休息，但樹林底下卻是堆著雜亂的樹葉枯枝擋住了動物們的去路。於是，鼠神揮動權杖同時製造二股風，一股大風衝向樹林底下，將那些樹葉枯枝捲了起來，堆到一旁，好清出樹林間的道路來。而另一股徐徐微風吹向枝頭的鳥兒們，讓他們舒服的沉沉睡著。鳥兒們完全沒感受到樹林底下正狂風大作。

要使用權杖來控制風、雨、雷、電、陽光……這些天地萬物，看起來容易，做起來其實有很多精細的技巧。光是一個風，就可以分微風、中風、大風、狂風、颱風、颶風、龍捲風……。要同時製造二股不同的風，更是需要非常細膩的控制技巧，而鼠王在這些技巧上顯然學得非常用心，也施展得很好。

在鼠神的用心下，代班的這一年很快的度過。事實上，在他的用心與

努力下，在掌管天地這件事情上，動物們都可以輕易感受到他做得比之前玉皇大帝倦怠時還好。

由於鼠王是第一個輪值的生肖，另外十一生肖都緊緊的盯著他，做為自己輪值時的參考。當他們發現鼠王代班得很好時，也警剔自己絕不能輸給他。

第二年輪值的牛神，本來就十分的勤勞，看到鼠王在第一年的優秀表現後，他更是一刻也不敢偷懶。他每天幾乎沒在休息，即使再累，也依然努力的握著牛神權杖四處巡邏，盡可能讓地面的每個角落都受到照顧。牛神希望所有的動物都能跟他一樣勤勞，才能讓世界不斷的進步，變得更美好。因此，他每每在巡邏時，很看不慣有動物在休息或偷懶。

「那群棕熊真是太打混了，這麼好的天氣，不拿來工作，居然趴在那裡休息。」牛神看到一大群棕熊懶洋洋的趴著睡覺，享受暖暖的陽光與徐徐吹來的微風，他簡直是一肚子火。「看我怎麼修理你們這群懶惰鬼。」

「呼！怎麼覺得越來越熱。」

「我覺得不是熱，根本是燙了！」

原本呼呼大睡的棕熊們，忽然覺得身上一陣灼熱，紛紛醒來不斷抱怨。

「咦！你的屁股在冒煙。」一隻棕熊看著他前面的那隻熊說道。

「你說我的屁股在冒煙，可是看看你的背部，不僅冒煙，連火星都冒出來了！」那隻屁股冒煙的棕熊說道。

「天啊！好燙！好燙！火燒屁股啦！」一陣強風吹來，讓身上已經冒出煙的棕熊們都出火啦！他們紛紛衝進樹林旁的溪水裡把火熄滅。

這麼一折騰，當然再沒有一隻棕熊睡得著覺。牛神看了後，才心滿意

足的離開，繼續去巡邏其他的地方。

「都已經秋天了，這些天鵝居然還不好好準備過冬的食物，還在湖面上悠哉悠哉的游泳裝高貴，真是太可惡了！」才剛整理完秋天樹木掉下來的落葉，維持優美環境的牛神，看到湖面上優雅高貴的天鵝們，簡直快氣炸了！「我以前還沒擔任十二生肖，常常工作到滿身大汗時，就已經看這些整天悠哉悠哉的傢伙很不順眼，看我怎麼好好處罰你們。」

「喂！你有沒有覺得湖水好像越變越冷？」一隻天鵝問著身旁另一隻天鵝。

「對呀！我覺得有點發抖的感覺。奇怪，剛剛的湖水明明還算溫暖，怎麼突然變得這麼冷？」

「啊！我的腳好冰好重。」天鵝們紛紛發現自己的腳結凍，身體也跟

著下沉。

「糟了，不得了了！」

「快，湖水好像要整個結冰了！」

「動作快一點，我們得儘快上岸。」

天鵝們賣力的拍打著翅膀，想趁湖水還沒結冰前，趕快上岸。

「呼！好累！」

「嚇死我了！」

「湖水怎麼會說結冰就結冰？」

天鵝們總算趕在湖水結冰前上了陸地。不過，已經是氣喘噓噓、羽毛凌亂不堪的躺在地上。

看到向來尊貴高雅的天鵝們變得狼狽不堪，牛神感覺終於教訓了這群養尊處優的傢伙，內心冷笑了一下，趕著繼續去巡邏。

「看來，不好好幹還真是不行。」

接替牛神輪值的虎神，是森林中威風凜凜的角色，但看到在他前頭的鼠神與牛神幹得有聲有色，卻帶給他很大的壓力。要是表現輸給了他們，那他面子要往哪裡擺？

「該怎樣表現，才能超越鼠神與牛神呢？」虎神握著權杖，不停的搔著頭苦惱的想著。

「啊！有了！」虎神忽然靈光一現，想到一個好主意。「平常那些草食性動物，見到肉食性動物就嚇得半死，怕被吃掉。如果我能反過來幫他們一把，相信他們都會很感謝我，甚至崇拜我的。這樣子的話，也算是讓這世界變得更美好吧！」虎神越想越得意，已經能想像眾多草食性動物，把他當救世主膜拜的偉大場景。他立刻拿起權杖握緊，在天上掃視地面的情況。

「有了，那隻可惡的花豹，居然殘忍的準備吃掉那隻懷孕的羚羊，看我怎麼修理你。」虎神有了想當救世主的念頭之後，忽然心中充滿了慈悲感，忘了自己以前也是跟花豹一樣，見到草食性動物就吃，哪管她是不是隻懷孕的準媽媽。

「看我怎麼處罰你。」眼看著花豹張開嘴就要往那隻羚羊媽媽身上咬下去，虎神揮動權杖往地面一揮。

「唉唷！」本來準備好好享受羚羊肉的花豹，用力一咬，卻發現整個嘴巴的牙齒都要崩裂的疼痛。他張開嘴往後一跳，掉下了許多碎裂的牙齒，原來他用力咬下去的不是那隻羚羊，而居然是顆大石頭。那隻滿臉驚恐表情的羚羊媽媽，則早就移到離他好長一段距離。

「怎麼一回事？」花豹看著地上從自己嘴巴掉下來的碎裂牙齒，臉上驚恐的表情，一點也不輸給那隻剛才差點被他吃掉的羚羊媽媽。嘴巴的劇

痛，讓他沒辦法、也沒心情再去追捕那隻羚羊媽媽，只好摀著嘴巴離開。

「活該。反正你們這些花豹在以前我還沒成為十二生肖前，也經常來跟我搶食物，得到一些教訓也是應該的。」看著花豹狼狽的離去，虎神真是高興極了。

「可是，要怎麼讓那隻羚羊媽媽知道是我救了她呢？」虎神心裡考慮著。「有了，就這麼辦。」

「真是的，才剛輪值就出現這麼殘暴的場面，還好讓我看到，不然可憐的羚羊跟肚子裡的孩子，就要被花豹給吞下肚了。」驚魂未定的羚羊媽媽，忽然聽到背後傳來一陣喃喃自語，連忙轉頭一看，原來是虎王拿著權杖的身影，又嚇了一大跳。可是定睛一看，卻又沒什麼東西，哪來什麼虎王。

「咦！是我看錯了嗎？可是剛才好像有股神奇的力量把我從花豹的口

中救走。難道剛才是虎王救了我？」羚羊媽媽滿臉疑惑的自語自語。「可是沒道理呀！老虎們自己看到我們羚羊，都會想撲過來把我們吃掉，尤其虎王是出了名的凶惡。啊！有了，我想起來了，虎王今年是十二生肖輪值，成為虎神。會不會是因為輪值的關係，所以救了我跟肚子裡的寶寶？那我可要好好謝謝他呢！」

「嘿！嘿！嘿！這就對了。」看到羚羊媽媽的反應，完全符合虎神想要的情況，他開心極了。他內心自我安慰著，雖然玉皇大帝交待我們輪值時要低調，可是我只是「不小心」經過，被羚羊媽媽「不小心」看到一點點我的身影及我講的話。所以，我可是一點也不高調哦！

有了拯救羚羊媽媽的成功經驗後，虎神繼續不斷的如法炮製。雖然他在掌管天地的細膩度與勤勞度上，遠不如鼠神與牛神，但他幫助草食性動物遠離肉食性動物魔爪的事蹟，卻是聲名漸漸傳開，成為草食性動物們崇

拜的偶像。

接在虎神後面的其他生肖，看到這樣的情形，也都如法炮製。因為蛇神也想要享受像虎神一樣被草食性動物崇拜的感覺，而其他原本就屬於草食性動物的生肖，更是本來就討厭那些動不動就追殺他們的肉食性動物到極點。所以，數量本來就比草食性動物少很多的肉食性動物們，這下子通通變成了弱勢族群。

「嗚！這草好難吃喲！」

「好懷念大口吃肉的感覺呀！」

「都是可惡的虎王害的啦！」

因為每次想要追捕草食性動物，就會被發現的輪值生肖擋下來的肉食性動物，最後只好一邊吃著草、一邊埋怨咒罵著，幾年下來，每隻都瘦巴巴的。

自從跟龜王的比賽輸掉後的兔王，心中就一直有陰影。在十二生肖比賽時，還差一點因為失眠而再度造成遺憾。因此，他對於那些動作特別慢的動物，總恐懼著哪一天又輸給了他們。在輪值時，他特別喜歡找那些動作慢吞吞的動物麻煩。

烏龜在池塘裡游泳時，一道閃電忽然打下來，讓在水裡的烏龜被電得口吐白沫。

蝸牛悠閒的慢慢爬上樹時，樹幹忽然結冰，把他黏在上面。

毛毛蟲啃著樹葉時，一陣怪風吹過，把他身上的毛全部脫光光。而原本也屬於慢吞吞一族的樹懶，一覺醒來，忽然跑得比馬兒還快，害他煞不住去撞樹幹。

兔神自以為神不知、鬼不覺，但其實動物們都心裡有數，一定就是他幹的。

一向神出鬼沒、喜歡低調的龍王，在輪值那一年，藉著龍神權杖的力量，更是把自己隱藏到幾乎沒有動物能知道他的存在。

原來，龍神剛開始輪值時，也是很盡心盡力的四處巡邏，只是喜歡搞神祕的他，仍然像以前一樣會用一團霧氣籠罩在自己身上，讓其他動物不曉得他的存在。但是有一次，當他在海邊巡邏時，一陣海風吹過差點把他身上的霧氣吹散，讓他被海裡游泳的魚兒們看到，因而受到很大的驚嚇。

「我絕不能忍受讓其他動物看見我。」龍神痛定思痛的思考，該如何在輪值時可以四處巡邏，又可以讓他保持絕對低調神祕的方式。

「好！就這樣辦吧！」龍神看著自己手上的龍神權杖，忽然想到一個好主意。

從此，只要龍神經過的地方，一定起著讓動物們伸手不見五指的大霧，連東西南北都分不清楚，當然更別提要在大霧中看到龍神了。只是這

麼一來，就苦了附近的動物們，遇到龍神經過時，就動彈不得，什麼事也不能做。

至於蛇神輪值時，什麼都好，就是不喜歡冷。因為只要天氣一冷，他就不斷打哈欠，只想睡覺。所以，就算原本是冷到結冰的天氣，只要他要來到之前，一定會先揮動權杖，送上一陣又一陣的熱風，把那個地方搞得暖烘烘的、冰雪全都給融化。

「你不睡覺，人家要睡覺呀！」

「你不曉得在冰雪中睡覺有種獨特的美感嗎？」

「搞什麼啦！冬天沒睡飽，害我整個春、夏、秋天，都沒有精神與體力。」

「我的床都被融化的雪水搞得泥濘不堪，整個濕答答的，別說睡覺，

連要坐著都覺得難過。」

原本冬眠中睡得正香甜的動物，被蛇神這麼一搞，紛紛睡不著，變成失眠，不斷的一邊打哈欠、一邊埋怨。

向來給人年輕有活力印象的馬王，靠著那一身雄赳赳、氣昂昂的步伐，是動物界裡帥氣迷人出了名的。每次當他在草原上甩著馬鬃帥氣奔跑時，總能吸引一堆動物的圍觀。因此，當他接過馬神權杖開始輪值起，除了帥氣的四處奔跑穿梭，做好掌管天地的職責外，最希望做的，便是所有動物都能跟他一樣，擁有雄赳赳、氣昂昂的步伐。他覺得，如果所有的動物都跟他一樣走起路來十分有精神，世界才會充滿活力。

「那些驢子，是我第一個要處理的對象。」馬神首先想到驢王，因為動物們總覺得驢子跟馬長得很像，但他對這個走路老是慢條斯理、無精打采的遠房親戚，早就看不順眼很久了。

「先把他們背部的毛變長，再固定他們脖子的角度，這樣看起來應該就會有精神多了。不對，脖子在走路時，還要左右搖晃，才能讓背部的毛甩飛起來，看起來更帥氣有精神。」馬神思考著該如何改造驢子，並隨後開始動手進行。

隔天，只見森林裡的驢子們，披著一夜間長出來的長背毛，走路時頭朝著天空不斷左右搖晃，讓森林裡的動物們看到後都不禁竊竊私笑。

「下一個目標，就是那些走路彎腰駝背的駱駝了。」馬神改造完驢子，將目標對準駱駝。因為他一直覺得駱駝就是因為走路時沒有抬頭挺胸、姿勢錯誤，才會造成那麼大的駝背，實在有夠難看。

「看來，我得先大發慈悲，把駱駝們的駝背治療好才行。」馬神找到駱駝群後，揮動著馬神權杖，把駱駝們的駝背給拉平。這麼一來，駱駝的

身體就被拉得很長，像是條超大型的臘腸狗。

動作快速又勤奮的馬神，就這樣四處奔走，幫許多動物改造成他心目中最有精神的模樣。

一向給人溫和紳士形象的羊王，自從上次在十二生肖中誤吃毒果實而瘋瘋癲癲之後，就一直成為動物們茶餘飯後的笑柄，讓他一直覺得顏面無光，十分在意這件事情。所以，其實他很早就在計畫，等他輪值後，一定要想辦法來解決這件事情。

「到底要怎麼做，才能洗刷這件被當成笑柄的事呢？」羊神拿著羊神權杖左思右想。「有了，乾脆讓更多的動物也跟我有一樣的遭遇，他們就能體會到我的痛苦了。」

從那一天起，森林裡多了許多有毒的植物，但若不仔細看，它們的

外表跟一般植物實在很難分別出來，而這其實是羊神故意的，因為如此一來，動物們就很容易不注意而去誤碰或誤吃這些植物。

「我的皮膚怎麼癢得要命？」

「嗚！我今天已經拉肚子拉了十次了，怎麼還是肚子痛啦？」

「奇怪，我覺得我好像坐在太陽上面飛翔，月亮對著我笑呢！」

動物們從羊神輪值這一天開始，身體總會突然無緣無故的出了一些莫名其妙的狀況，有的還像是瘋瘋癲癲的幻想，卻又不曉得怎麼一回事。

一向自認最具時尚美感的猴王，最看不慣醜陋的事物，所以他輪值後，就一直想要美化世界。

「天啊！這些動物究竟為什麼可以如此放縱，把自己弄得這麼醜？真的是一點品味也沒有。」猴神第一次握著猴神權杖在天上往地面一看，大

部分動物在他眼中真是醜到令他心驚膽顫。「不行，除了把天地掌管好，我得好好做些事情讓這世界變得更美好、更有藝術感。」

「為什麼大部分動物會這麼醜呢？」猴神仔細的觀察這些令他眼睛不舒服的動物們，好開始動手美化。「有了，動物們的屁股都太小，而且不夠紅潤。看那些又黑又醜的屁股，有些還長滿了雜亂的毛，甚至還殘留了一點點沒擦乾淨的臭臭，真的是嚴重傷害我的眼睛。如果這世界上所有的動物，都能跟我一樣，有個又圓又大又粉紅的屁股，就好像多了許多活動的藝術品，一定能好好美化世界，淨化大家的心靈。」

從這一天開始，動物們陸續一覺醒來，發現他們屁股周圍的毛全都消失不見，而且像是被棍子打過般的紅通通。

雞王向來早起，自從他輪值之後，更是讓大家也要跟著他早起，並且

要很有力氣的叫幾聲，顯示滿滿的活力。當他輪值時，每天天還沒亮，就握著雞神權杖作好準備，只要第一道陽光一出現，立刻揮動權杖讓所有睡夢中的動物瞬間清醒，拉開嚨喉開始大叫。

「咕——咕——咕——」

「吼——吼——吼——」

「嘶——嘶——嘶——」

「哞——哞——哞——」

「汪——汪——汪——」

「喵——喵——喵——」

每天一大早，整個森林就充滿各種動物叫聲，再會睡的動物也無法再睡得著了。

「在我輪值時，可以看到所有動物都一大早這麼精神滿滿的展開工

作，真是太開心了。」雞神聽到清晨動物們的叫聲，就像是一陣陣悅耳的樂聲，讓他心花怒放。「對嘛！這世界就要是這樣，才會充滿活力！」

一向熱情有勁的狗王，總覺得動物們的禮貌與熱情都不足，他覺得這是非常嚴重的事情。

「在我看來，一個既不禮貌，又不熱情的世界，會令大家覺得太冷漠了。既然輪值到我了，除了努力把玉皇大帝交待的掌控天地任務好好完成外，我應該要想想辦法來改善這樣的情況。」在還沒獲選十二生肖前，狗王就一直對動物們不夠有禮貌的情況感到不滿，所以他開始輪值後，便採取行動要好好改善這樣的情況。「動物們打招呼時，一定要上前用舌頭去舔對方幾下，這樣才能充分的顯現出熱情有禮。」

從這一天開始，所有的動物都發現，當他們經過其他動物身旁時，若

沒有張開嘴去舔對方的臉幾下，他們的舌頭就會開始不斷的疼痛發脹，直到他們去舔了其他動物的臉，才會恢復原狀。

「這一年來，我總算不負使命，把掌控天地的任務妥善完成，四處風調雨順。整個世界也變得更有禮貌而熱情，大家見到面時，終於學會好好的舔對方的臉這麼優雅有禮的行動，真是令我太開心了。」好不容易完成一年的輪值使命，狗神很有活力的在這一年的最後一天晚上，來到十二生肖宮，準備跟十二生肖最後壓軸出場的豬王進行交接。

狗神在十二生肖宮裡，等待豬王的來到，準備將狗神權杖插入爐子裡，好讓法力順利移轉到豬神權杖上，可是等到三更半夜還是不見豬王的蹤影。

「奇怪了！這隻豬王到底跑到哪裡去了？他到底還記不記得自己要來

交接啊？」越等越生氣的狗神，忍不住在心裡直抱怨。「算了，讓我使用權杖看看他到底在哪裡。」狗神揮動權杖，使用千里眼一看，居然看到豬王躺在暖暖的被窩裡呼呼大睡，顯然將要交接這件事給忘了！

「豬王，你給我起來。」狗神揮動權杖，把豬王連同他的被窩，整個移到十二生肖宮裡。

「別吵我啦！人家睡得正熟，好夢正做到一半，別打斷我。」豬王正夢到自己在吃大餐，很怕被吵醒後大餐就不見了，連忙翻了個身，又繼續呼呼大睡。

「你給我起來。」狗神看豬王這樣，簡直快氣炸，拿出權杖一揮，豬王身上立刻有火燒了起來。

「嗚！嗚！好燙！好燙！」豬王被火燒的灼熱感給痛醒，狗神才把火給熄滅。

「你總算醒了！」狗神沒好氣的說道。

「咦！這是在哪裡？」豬王剛睡醒，還有點迷迷糊糊。

「這是十二生肖宮，今天你要到這裡交接輪值，不會忘了這件事吧？」狗神質問道。

「啊……現在是什麼時間？我不是交待我們族裡的小豬要叫我起床的嗎？」豬王被狗神這麼一說，知道自己似乎睡過了頭，嚇了一大跳。他不知道，他們豬族裡全部的豬都睡翻了，沒有一隻豬記得要叫他起床這件事。

「算了，快點交接就是了！」狗神等豬王到三更半夜，已經哈欠連連，想儘快交接完好回去睡覺。

「咦！我的舌頭怎麼痛痛的？」豬王發現自己的舌頭越來越腫、越來越痛。

「那是因為你還沒熱情有禮貌的跟我打招呼。」狗神說道。

「原來如此。所以我要舔你是嗎？」

「是的。這個世界的所有動物，都應該要熱情有禮。」狗神雖然被他的遲到氣到，但了為表現自己的風度，依然熱情的伸出長長的舌頭舔了舔豬王的頭。

「可是……」被狗神舔完的豬王，雖然想舔回去，卻猶豫了一下。

「別可是了，趕快打完招呼，交接完權杖，我要回去睡覺了！」狗神催促著。

「好吧！」豬王猶豫了一下，可是不舔好像又有點失禮。於是伸出長長的舌頭準備往狗神的臉舔去，不過他才剛張開嘴，號稱擁有動物界最靈敏鼻子的狗神，就已聞到一股濃濃的大蒜臭味撲鼻而來。昨天的晚餐，豬王加了許多蒜頭。

「你確定真的要舔嗎？」豬王看到狗神皺著眉頭，猶豫的問道。

「來吧！這樣才能表示我們之間的熱情有禮。」狗神用力的吸了一口氣用力憋住。

豬王伸出他長長的豬舌頭，用力的朝狗神的臉舔了過去。

「好吧！為了表示我比狗神還熱情，我還是多舔幾下好了。」豬王舔完一下又一下，連舔了十幾下，充沛的口水弄濕了整顆狗頭。

「呃！」狗神終於憋不住氣，但吸氣後，豬王的口水伴隨著那股濃濃的大蒜味道直衝鼻腔，他覺得自己頭暈目眩，腸胃一陣翻騰，早上吃的東西都快吐出來的感覺。

「狗神，你還好嗎？」看到狗神臉色一陣青一陣白，豬王關心的問道。

「我……我……還可以。」狗王勉強撐住身體，穩下來後，手微微顫

抖的把狗神權杖插入金爐中。金爐開始慢慢旋轉，然後速度不斷加快，等它再停下來時，那根閃閃發亮的豬神權杖，在其他略顯黯淡的十一根權杖旁，顯得特別漂亮。那掌管天地的法力，已經由狗神權杖轉移到豬神權杖了。

「把權杖拔出來就可以開始輪值了嗎？」豬王轉頭問狗神，卻見狗神癱軟在地上，全身隱隱在發抖，虛弱的對他點點頭。

「狗神，你確定你沒事嗎？」豬王再次關心的問道。

「我……沒事。還有，掌管天地的法力已經轉移到豬神權杖上，從這一刻開始，你是豬神，而我重新恢復為狗王了！」狗王揮了揮手，示意他趕快離開十二生肖宮。

「好吧！那我先去輪值囉！」豬神向狗王道別，離開了十二生肖宮。

「嗚！吃什麼大蒜啦！」狗王怕不禮貌，一直等到豬神離開後，才使

勁的把整顆狗頭用力的擦過，讓留在上面的味道盡可能消掉。擦完後，他還盤坐在地上，調整呼吸，休息了好一陣子，才有辦法消除頭暈目眩、腸胃翻攪的感覺，離開十二生肖宮。

十一

壓軸登場

握著豬神權杖，豬神迫不及待的在十二生肖宮外直接跳到天上去。

「哇嗚！這真是太過癮了！」豬神在天上用飛快的速度飆來飆去，一邊尖叫一邊不斷的踩著雲朵滑行。

「嗯！我來把陽光調暗一點好了！」覺得天上的陽光有點刺眼，豬神揮動權杖，把陽光調整得跟月光一樣柔和。「這樣的太陽溫和多了！正在睡覺中的動物們，就不會像我經常被刺眼的陽光弄醒，不能好好的睡個過癮。」

「仔細想想，當這個十二生肖好像也滿好玩的。」豬神本來一直抱怨當玉皇大帝的代班是件辛苦的工作，害他輪值後將不能每天睡到自然醒。但現在握著權杖，發現能做如此多有趣的事情，覺得也挺不賴的。

「對了。來看看我的好友們現在正在做什麼？」豬神之前就一直對千里眼的法力十分感興趣，現在一輪值，立刻握緊權杖施展千里眼的法術來

看看他的好友們。

「咦！糞金龜王這樣子工作也太辛苦了吧！讓我來幫幫他。」豬神在天上看到自己的好友糞金龜正在努力的滾著糞球，便想給他一個驚喜。揮了揮權杖，把附近所有動物的糞便，自動滾成一顆顆的糞球往糞金龜王衝去。

糞金龜王看到第一個糞球朝他滾來時還高興得大叫，但當他再看到第二顆、第三顆、第四顆……一顆又一顆的糞球不斷朝他滾來時，他嚇得想要趕快逃命。

「糞金龜王跟我一樣聰明，知道要吃大餐之前，要先運動一下才能吃得更多。」豬神看到糞金龜王拚命的跑步，暗暗佩服他的聰明，知道吃東西前要先運動一下。「這些糞球不論他跑到哪裡，都會跟著他，累了後就可以立刻飽餐一頓。等他以後知道，一定會誇讚我的貼心。」

在地面的糞金龜王雖然不斷沒命的奔跑，但那些糞球卻是無論他怎麼逃都跟著他，直到他筋疲力盡再也跑不動，一顆又一顆的糞球全部往他身上壓，最後成了一座很大很大的糞球山。被壓在下面的糞金龜王，花了快二個星期的時間才爬出那座山。他後來知道原來是豬神的傑作後，氣到整整二個月不想理他。

「咦！羊駝王在地面沒命的奔跑，是不是發生什麼事了？」幫完糞金龜王堆糞球後，豬神繼續尋找覲看他的另一個好友——羊駝王在做什麼事，卻發現羊駝王正急急忙忙的沒命奔跑。再仔細一看，原來羊駝王正被一群野狼追逐著。

「可惡的野狼，竟然欺負我的好友，看我的。」豬王拿起權杖朝羊駝王揮了過去。

「咦！我的身體？我的嘴巴？」羊駝王的身體忽然不受控制的自動轉身面對追逐過來的狼群，一下子狼群們就將他團團包圍住，讓他嚇得渾身發抖。

「啊！我的嘴巴？」羊駝王忽然感覺到自己嘴巴裡充滿了口水，隨即意識過來，張開嘴朝狼群們噴了過去。那口水噴出去的速度就像一枝枝的弓箭，又快又猛，狼群們根本躲避不急，全部被羊駝王的口水噴成重傷。

「嗚！好臭！」狼群們不但被羊駝的口水打傷，而且那口水的臭味，幾乎是平常的一百倍。狼群們聞到那味道後，紛紛翻白眼昏迷了過去。

「咦！怎麼回事？」原本羊駝王看到狼群們被自己的口水打傷昏迷還非常高興，但後來卻發現自己噴出去的口水就像關不住的水龍頭，而且越噴越多。

「奇怪了？怎麼變回原來的樣子？」在天上的豬神看到狼群都昏迷

後，想幫羊駝王恢復原來的樣子，卻怎樣也辦不到。

「啊!?」羊駝王噴出的口水在關不下來的情況下，變成一股大洪水，將狼群們通通沖走，但那臭味卻也瀰漫了整座森林，最後羊駝王自己也聞入過多那口水所飄散過來的陣陣惡臭而陷入昏迷，口水才終於不再流出。

「情況總算控制下來了！」在天上的豬神高興的說道。「雖然有點小差錯，但羊駝王從危險中脫離，一定很開心。」

在這件事情過後，狼群有很長一段時間，對羊駝十分的恐懼，即使再餓，也不敢去動他們的念頭。

一向樂於助人的豬王，當然不只幫助自己的好朋友，對於任何有困難的動物，只要他知道，也都會盡可能的幫忙。

「咦！那隻貓頭鷹怎麼愁眉苦臉，而且頭一直歪向旁邊？」豬神晚上在

巡邏時看到後，握著權杖降到他身旁。「你怎麼了？」豬神關心的問道。

「我的脖子好像扭到了，怎麼轉也轉不過來！」貓頭鷹顫抖的聲音，顯示出他正遭受很大的痛苦。

「別急，我來幫你。」豬神高高的舉起權杖，準備施展法術，才想起他沒學過怎麼治療脖子扭到。

「拜託你快點，我快痛到受不了了！」貓頭鷹臉色蒼白、神情非常難過。

「好，好，我試試。」豬神突然想起在十二生肖宮裡學過如何讓風扭動變成龍捲風，只要轉動的小力一點，應該可以把這個技巧拿來幫貓頭鷹治療脖子，立刻拿起權杖揮向他的脖子。

「啪！」一個清脆的聲音從貓頭鷹的脖子傳出，然後他的脖子瞬間被扭了一圈。「唉唷！」貓頭鷹的聲音顯得比剛才更痛苦。

「慘了，好像扭過頭了！」豬神心裡慌張了起來，可是依然安慰起貓頭鷹。「別急，我再試試。」

「啊！」貓頭鷹再度慘叫一聲。原來豬神一揮權杖，他的脖子往另一邊扭去，但這次卻扭了足足有兩圈之多。

「別急，我再試試。」已經手忙腳亂又再次揮動權杖。

豬神不斷重試，但總是無法讓貓頭鷹的脖子恢復原狀，讓豬神忙得全身大滴汗小滴汗。

「噢！你別動。」經歷了幾百次的試驗，貓頭鷹這次忽然大叫。

「發生什麼事了嗎？」已經累得半死的豬神緊張的問道。

「我脖子不痛了。」

「真的嗎？」

「真的。」

「可是，我總覺得哪裡怪怪的。」

「沒關係，這樣就好。謝謝你。」貓頭鷹也發現自己的臉轉了一百八十度，面向身體後面，但他好不容易脖子已經不會痛，所以不想再讓豬神試下去。

「好吧！那我先走了。」聽到貓頭鷹不想再試，其實豬神也鬆了一口氣，因為如果試不好，要再來個幾百次的話，他會累死。

從此以後，貓頭鷹的頭就變成可以隨便的轉動到任何角度。

「萬能的天神啊！我一輩子都沒有腳，看到那些有腳的動物好羨慕呀！可以祈求您賜給我腳嗎？」正在休息中的豬神，因為握著權杖，所以可以輕易的聽到來自遠方動物們的祈禱聲。他探察了一下聲音的來源，原來是隻蚯蚓抬頭仰望著天空，正虔誠的祈求著天神。

「想一想，這蚯蚓也算是身世可憐，每種動物都有腳，偏偏就他們沒有腳，每天在地上拖行著身體，想想也是悲慘，我來幫他們想想辦法好了。」豬神握著權杖，朝遠方的蚯蚓一揮。

「天啊！我的祈禱被聽見了！萬能的天神，謝謝你。」蚯蚓發現自己的身體，忽然憑空生出許多許多腳來，簡直快樂壞了。

「咦！怎麼好像怪怪的。」蚯蚓覺得好像哪裡不太對勁，仔細一想，才發現自己現在雖然有腳，但算一算大概有一百隻，好像又太多了點。

「謝謝萬能的天神。可是，我的腳現在好像又變得太多了。」原本期待自己會有像昆蟲般擁有六隻腳的蚯蚓提出疑問。

「你別客氣，這是補償你之前沒有腳，所以特別額外多送你的。」豬神透過權杖把聲音傳進遠方的蚯蚓耳裡。

「謝過天神！」蚯蚓雖然還是覺得哪裡怪怪的，但既然天神如此安

排，他相信一定有他的道理在。只不過，他才剛要開始走動，就被自己的腳絆倒，跌得鼻青臉腫。而且，不論他怎麼試，這些腳就像是在找麻煩似的，不斷的絆倒甚至打結，讓他懷念起原來沒有腳的日子。

「沒想到擔任十二生肖能幫助這麼多動物，想想好像也很不錯。」一向樂於助人的豬神開心的說道。「不曉得哪裡還有需要幫忙的動物？」

「有了。」豬神握著權杖，仔細的四處察看，忽然從耳裡傳來一陣哀嚎埋怨聲。「讓我再聽清楚一點。」豬神將傳進耳裡的音量調大。

「我好懷念吃肉的感覺呀！」

「對呀！自從十二生肖輪值以來，我快要忘記吃肉的味道了。」

「我們本來就是肉食性動物，怎麼這些十二生肖偏偏要我們去吃草呢？」

「我現在連看到青草，都覺得噁心反胃。」

「別再說了！你看我瘦成這樣，都快沒力氣走路了！」

豬神搖了搖權杖，察看聲音的來源，原來是一群肉食性動物正聚在一起講話的聲音。看了一下，無論是花豹、野狼、鬃狗，還是鱷魚，每一隻都瘦得皮包骨，一點也沒有以往在森林裡，草食性動物看到都會嚇到發抖的威風八面模樣。

「想一想，這些肉食性動物也真的滿可憐的。他們本來就吃肉，但自從虎神開始輪值後，就經常在追殺草食性動物時被擋下來。可是，如果這些肉食性動物要吃肉的話，就得有草食性動物要犧牲，那草食性動物也很可憐呀！」豬王心裡也覺得十分同情他們，但他也不忍心看到草食性動物被撲殺。「有沒有辦法，可以讓這些肉食性動物吃到肉，又不用犧牲草食性動物的呢？」

豬神為了這個問題，日也想、夜也想，連睡覺都在想。

「啊！有了！」這一天，路過豬族部落的豬神，忽然靈光一現有了個想法。

「豬隻們聽令召集一下。」豬神回去部落，召集所有的豬隻。

「啊！大王回來了！」

「哇！大王，你握著這枝權杖好威風呀！」

「大王，你輪值還沒結束，不是不能隨便回來的嗎？」

「召集大家，是不是有什麼事呀？」

部落豬隻們看到豬神回來，都很興奮。

「是這樣的。這次回來部落，是想請大家幫忙。」豬神對著大家說道。

「咦！大王，你現在不是輪值當神，擁有無邊的法力，怎麼還會需要

我們的幫忙？」

「唉！又不是當了神就什麼事都可以解決，不然，玉皇大帝也不需要找我們來幫忙輪值代班了！」豬神嘆道。

「好吧！大王，需要我們幫什麼忙呢？我們一定會盡力的。」

「是這樣的。自從十二生肖虎神輪值以後，大家都擋住肉食性動物撲殺草食性動物，結果他們這麼多年來，都沒吃過什麼肉，所以想拜託大家去讓他們咬幾口，讓他們解解饞。」

「讓他們咬幾口？那不是很痛嗎？」

「天呀！這種忙我們才不要幫。」

「大王，你還是找別人吧！」

豬隻們一聽到豬王的要求，紛紛倒吸一口涼氣，往後退了好幾步。

「別怕啦！被咬雖然會痛一下下，但我會立刻把你們的傷口補起來恢

復原狀，就不會痛了。而且，你們每被咬一次，將來我就補償一頓大餐，你們覺得如何？」

「真的這樣就不會痛嗎？」

「真的有大餐可以吃嗎？」

「被咬一次，可以補一頓大餐是嗎？」

「咦！有得吃呀？」

「做善事，又可以吃大餐。這聽起很不錯呢！」

豬隻們聽到豬神說的好像很有道理，而且又有大餐可以吃，紛紛同意他的提議。

豬神這一天便召集了肉食性動物，並把豬族部落裡的豬隻全帶了過來，跟他們宣布可以吃豬肉的消息。肉食性動物們心想，能有豬肉吃，總

比什麼肉都沒得吃的好，都開心的不得了。

「我先！我要吃大餐！」

「不，我才要先。」

為了早一點吃到大餐，豬隻們爭先恐後的跑到肉食性動物前，將自己的屁股轉過來面對著肉食性動物。

「咬我！咬我！」

「我的屁股最肥嫩好吃了！」

「我啦！我啦！我平常都有在做搖屁股運動！」

肉食性動物們忽然看到一堆豬屁股在自己的眼前晃動，興奮得直流口水。

「唉唷！」一隻花豹率先朝一隻豬屁股用力咬了下去，豬兒痛得叫了出來。

「好痛啊！」大野狼選了一個看起來很粉嫩的屁股，大口的咬了下去。那隻豬被咬掉一塊屁股肉，痛得哇哇大叫。

「噢嗚！你咬太大力了啦！」一隻被鱷魚咬到屁股的豬慘叫一聲。

就這樣，肉食性動物們紛紛選定自己喜歡的豬屁股咬了下去。

「喂！你咬錯地方了啦！幹嘛咬我大腿。不是說好只咬屁股嗎？」一隻鬃狗覺得豬腿看起來比較好吃，朝豬腿用力咬下去，那隻豬一邊痛得大叫、一邊大聲抗議。

「你又不是肉食性動物，幹嘛咬我啦？」一隻本來被咬還沾沾自喜的豬，轉頭一看，居然是隻原本在旁邊觀看湊熱鬧的長頸鹿，不禁大聲抗議。

「對……對不起啦！我看他們咬下去的感覺，好像很好吃，所以忍不住也咬了一口。」長頸鹿滿臉歉意。

「大王，不管啦！長頸鹿咬我的也算，我要換一頓大餐哦！」

「好了！好了！沒事。只要被咬到的都算。」豬神手忙腳亂的趕緊不斷安撫被咬的豬隻，並揮動豬神權杖，修補那些被咬的豬屁股。

「咦！真的不痛了！」

「哇！我的屁股不但恢復，好像還更粉嫩有彈性了！」

「大王沒騙我們呢！」

豬隻們發現自己被咬掉的地方，果然一下子就被豬王恢復了原狀。

「這樣子的話，那我還要被多咬幾次，多換幾頓大餐。」

「對吼！」

「我也要！我也要！」

發現被咬其實沒那麼恐怖的豬隻們，紛紛不斷的把自己的豬屁股督到肉食性動物面前，請他們再多咬幾下。

「好了！好了！別再來了！」

「嗚！我吃得好撐。」

「媽呀！飽到走不動了！」

肉食性動物們面對不斷跑來自己面前的大餐，不斷的吃呀吃，直到每一隻的肚皮都撐得像快脹破的氣球。

「拜託啦！再咬我一口嘛！」

「如果你不喜歡屁股肉的話，現在開始開放咬大腿嘛！」

「咬我！咬我！我最大方了，不只開放大腿，全身上下你想咬哪裡就咬哪裡。」

「喂！長頸鹿，我們平常也算交情不錯，你也再來多咬幾口嘛！」

豬隻們為了向豬王換取更多頓大餐，不斷的拜託肉食性動物們能多咬幾口，最後連草食性動物也開始拜託起。

「嗚！我真的吃不下了！」

「再吃下去，我會撐死的。」

「我的肚皮要破掉了！」

肉食性動物們被不斷督過來的豬隻，嚇得抱著快撐破的肚皮，連滾帶爬的趕緊離開，一下子全跑光了。

十二

天啊！
豬神權杖不見了！

「灰尾獅，要不是當年你出的爛主意，要我在比賽中留到最後一名當什麼壓軸出場生肖，也不會搞得這般落魄下場，連豬王都騎到我頭上來了！」從回到原本預定的生日宴會後，獅王正在大聲的咆哮來表達內心的震怒。每次想到那隻以前自己從來都看不起的又髒又懶豬王，硬生生因為一顆豬鼻子的距離，讓他無法進入十二生肖，獅王就氣到茶不思、飯不想兼睡不著。

「是，大王，都是我的不對。」灰尾獅惶恐的答應著，但他內心卻想著：「當年明明你自己也認同我提出的是個好主意，怎麼現在卻全都怪我？從比賽結束到今天，整整十一年多的時間，獅王只要想到就罵。唉！」

「你不是號稱獅族裡最聰明的獅子？如果你再不想個辦法，你就給我離開獅族，我永遠不想再看到你了！」獅王賭氣的說道。雖然他知道灰尾獅一直以來，用他那顆聰明的腦袋幫他出了許多好主意，要是他真的離開

獅族，其實還真找不到其他跟灰尾獅一樣聰明的獅子。但就算再多功勞，也抵不上他最後無法進入十二生肖這件事，獅王想到就有氣。

「是，大王，給我一點時間，我一定幫你想個好辦法。」灰尾獅唯唯諾諾的說道。比賽已經結束那麼多年，十二生肖早已定案，他哪有什麼辦法好想，只能先答應獅王等他氣消。

三天後。

「大王，我有一個想法。」灰尾獅來到獅王的住處向他說道。

「什麼想法，說來聽聽？」獅王說。「你是不是已經想到什麼好辦法了？」

「我這幾天幾乎不眠不休的前思後想，這十二生肖的輪值到現在為止，除了豬神之外，都表現得很稱職，在掌管天地這件事上都是盡心盡

力。」獅王點點頭贊同。他仔細看看灰尾獅滿布紅絲的眼睛、憔悴的面容及凌亂的頭髮，知道他這三天來，的確很盡力的在幫他想辦法，不禁心中感動萬分。

「但這豬神既懶惰又糊塗，掌管天地經常出差錯，跟另外十一生肖比起來實在格格不入。所以，要是豬神能退位的話，說不定大王就能取代他的位置，因為當年的比賽，大王您因為一點小意外而排名在豬王之後，也算是候補第一名呀！」

「你這麼說倒是很有道理。只是，我們要如何做，才能讓豬神退位呢？」獅王心裡猜想，灰尾獅一定已經想到辦法。

「大王，我還不曉得玉皇大帝在如何的情況下，才會讓生肖們退出輪值。如果知道的話，我相信我一定能想出好辦法。」灰尾獅自信滿滿的說道。

「唉！那我們要如何知道呢？」知道灰尾獅還沒找到好辦法的獅王，不免有點失落。

「我們雖然不知道，但可以去問最有可能知道的動物呀？」

「我們都不知道了，有什麼動物會知道？」獅王好奇的問道。

「那當然是輪值過十二生肖的動物呀！」

「對吼！我怎麼沒想到。果然還是你腦袋比較靈光。」獅王不禁拍了一下自己的獅頭。「不過，除了豬神外，還有十一隻生肖動物，我們該去問哪一個呢？」

「當然是鼠王。」灰尾獅胸有成竹的說。

「為什麼？」獅王感到十分疑惑，為什麼要去問十一個生肖裡，看起來最不起眼的鼠王。

「大王，如果您還有印象的話，擁有灰灰暗暗的身體，個子又非常嬌

小的鼠王，當年十二生肖比賽前，在森林裡可以說一點地位也沒有。也因此，他才會用盡心機想爭奪十二生肖排名第一位的位置，發生把貓王推落水的事件，因此而遭到動物們瞧不起。」灰尾獅解釋道。

「是這樣沒錯。但那跟我們去找他有什麼關係呢？」獅王好奇的問道。

「大王，您想想，這鼠王在輪值時，其實當得非常用心，本來應該值得大家的肯定與尊敬，卻因為貓王事件，而一直被大家刻意冷落，想必他的心裡一定很不是滋味。如果，我們可以展現十足的誠意，說不定，可以從他那裡得到一些有用的訊息。」灰尾獅老謀深算的說道。

「灰尾獅，你真不愧是我們獅族中最聰明的一頭獅子，想得真是週到。」獅王看著充滿自信眼神的灰尾獅，不禁拍了拍他的肩膀，言語中充滿了讚許。「那我們趕快去找鼠王吧！」

「鼠王，我們大王想邀請您吃個飯。」灰尾獅來到鼠族部落，恭恭敬敬的邀請鼠王前去獅王的住處。

「哦？為什麼？」對於獅王突如其來的邀請，鼠王感到有點錯愕。

「是這樣的，我們獅王覺得您在輪值十二生肖擔任鼠神時如此盡心盡力，把天地掌控得如此之好，實在非常仰慕您。因此，他希望有這個榮幸能邀請您吃個飯。」灰尾獅拍馬屁的說道。

「獅王都這麼誠心誠意的邀請了，我不去似乎也說不過去。」鼠王聽到獅王如此肯定自己，簡直是高興極了，連忙一口答應。先別說從十二生肖比賽之後，動物們都瞧不起他，就算在十二生肖比賽之前，像獅子這樣的森林之王，根本不可能把他放在眼裡。

「那就請了。」灰尾獅恭敬的彎著身子，牽起鼠王的手走出屋外。

「啊！這是……」鼠王踏出屋外，瞪大眼睛看著眼前數量龐大的獅群。

「我們大王有特別交待，鼠王勞苦功高，如此了不起，堅持要派出一百頭獅子來請您過去。」

「真是謝謝獅王，謝謝獅王。」鼠王的眼眶裡已經含著滿滿的感動淚水。

鼠王坐在特製的椅子上，由四頭獅子高高抬著，前後還有九十六頭獅子護送，身旁還跟著灰尾獅，聲勢浩大的在森林裡往獅族部落前進。以前從沒正眼看過鼠族們的獅王，現在居然對自己如此恭敬有禮，讓自己第一次感受到擔任十二生肖輪值以來的榮耀，內心十分雀喜。

動物們看到鼠王被獅群們抬著從森林中聲勢浩大的穿越，莫不議論紛紛。

「鼠王，您終於來啦！今天是真很榮幸，能邀請到十二生肖裡，做得最好的鼠王來一起吃飯，我真是太開心啦！」獅王彎著身子，熱情地拉著鼠王的手進屋，裡頭早就擺滿了豐盛的食物。

「獅王，您真是太客氣了！」鼠王這輩子第一次受到如此的禮遇，還是由森林之王——獅子群中的獅王所邀請，真是既感動又光榮。「其實，所有的生肖在輪值時無不戰戰兢兢，努力的在他輪值那一年，盡心的做好每一件工作。」

「別這麼說，自從十二生肖代替玉皇大帝輪值掌管天地以來，我覺得就是您做得最好，其他動物實在沒有您的出色。尤其您說所有的生肖都戰戰兢兢的努力工作，這一點我只認同一半。」

「怎麼說？」

「像今年由豬王輪值，我就覺得他沒有能力把工作做得像鼠王您這麼

好。」站在一旁的灰尾獅恭維的說。

「那是當然的，別拿他跟我比。」鼠王聽到豬王的名字不禁皺了一下眉頭。

「是呀！那隻又髒又臭又懶，做事又亂七八糟的豬王，跟如此乾淨勤勞、做事又細心的鼠王您一起並列十二生肖，真是污辱了您啊！」獅王接著說道。「您看看他，一下子睡過頭，讓太陽到下午才升起；一下子下雨時忘了關掉，讓地面做大水災，掌管天地時經常出錯。更別提他那個懶惰骯髒的模樣，實在是無法與外表帥氣、做事嚴謹的您相提並論啊！」

「唉！你說的話倒是真的，其實我也這麼想。」鼠王嘆了一口氣，他打從內心覺得豬王根本不配進入十二生肖，跟另外十一隻動物族王平起平坐。

「難道沒辦法讓更有能力的動物取代他嗎？」灰尾獅追問。

「玉皇大帝在訓練期間，就一再強調要我們盡力的做好每件事。他知道我們剛輪值可能會有一些不上手出錯的地方，但這是難免的，他會給我們時間及空間慢慢學習。因為他剛開始創造及掌管天地時，也出了許多錯。」

「難道犯再大的錯，玉皇大帝都可以接受嗎？」

「原則上，玉皇大帝不會再輕易變動十二生肖，因為掌管天地需要依靠大量的經驗累積。除非某個生肖在掌管天地時出了重大的意外，不然要重新替換一個新的動物來擔任生肖，不但玉皇大帝得重新花費功夫來訓練他如何掌管天地，還必須重新給他一段時間累積經驗。不過，若是……」

鼠王遲疑了一下。

「若是什麼？」獅王緊張的問道。

「玉皇大帝並沒有明說犯了什麼錯他會無法接受。但我知道玉皇大帝非常在意一件事，是他千交待萬交待我們的，就是那根權杖。」

「權杖？」

「是的。每個生肖都擁有一根自己的權杖，在輪值時，才能從十二生肖宮裡取出它。我們十二生肖之所以能代班玉皇大帝來掌管天地，就是依靠那根權杖上的法力。如果那根權杖出了問題，天地很可能就會失控出現大問題。所以，玉皇大帝才會特別交待，要好好保護那根權杖，把它當成比自己性命還重要的東西。並且，除了自己之外，絕對不准讓其他動物碰到那根權杖。」

「所以，如果有哪個生肖把權杖弄丟，玉皇大帝必定會很生氣，然後把他踢出十二生肖對嗎？」灰尾獅滿臉狡猾的問道。

「嗯！是不是會被踢出十二生肖我不知道，但一定會令玉皇大帝震怒是肯定的。」鼠王說道。「不過，每位輪值的動物都知道事情的嚴重性，因此都會特別保管那枝權杖。」

「是嗎？那像豬王他有什麼特別的方法來保管那枝權杖嗎？」灰尾獅特別問道。

「就我所知，豬王他為了怕弄丟權杖，在上面綁了一根繩子，繩子的另一端則綁在他自己的身體。」鼠王說道。

「所以，如果有小偷想偷走那枝權杖的話，就會被豬王發現，對嗎？」灰尾獅若有所思的不自覺喃喃自語。

「其實權杖不怕被小偷偷走，因為除了輪值生肖動物自己外，其他動物一碰到權杖，權杖可是動也不動，根本無法拿得走它。比較怕的，反而是自己放在哪裡給忘了。因此，容易忘東忘西的豬王才會在權杖上綁線。」

「原來如此！」灰尾獅聽到這裡，心裡已經有了想法。

這次的宴會，果然如灰尾獅所料，一直被動物們瞧不起的鼠王，忽然被號稱森林之王的獅王如此看重與稱讚並待為上賓，不禁心裡得意洋洋。

對獅王與灰尾獅，根本就是有問必答，讓他們取得想要的資訊。

這一天，豬神正偽裝成一棵椰子樹在午睡。

「咦？怎麼有打呼聲？」一隻經過的大象四處張望，想看看那如打雷般的打呼聲，究竟從哪裡傳出來的。

「那不是豬神嗎？怎麼變成這副德性？」循著打呼聲，大象終於找到那棵豬王變成的椰子樹。他仔細研究為什麼有會打呼的樹時，才發現樹頂的椰子，有一顆居然是豬王的頭，嚇了他一大跳。

原來，豬神在輪值時，不想讓人家看見他偷懶睡覺，總會偽裝一下。只不過，他的法術施展得不是很靈光，所以，豬頭才會沒有變成椰子。

「這隻豬神居然在偷懶，看我怎麼整他。」大象故意無聲無息的悄悄靠近椰子樹，然後大吼一聲，用力的撞了一下椰子樹。

「媽呀！發生什麼事了？」睡得正甜的豬神，被大象這麼一撞，嚇得

魂都快飛走了，變回了原來的樣子。

「你幹嘛撞我？」豬神生氣的質問大象。

「我只是身體癢，想找棵樹來磨蹭摩蹭止癢。誰知道這棵椰子樹是你？」大象故意裝無辜，心裡卻竊笑著。

「說得也是，你又不知道我變成椰子樹了，怎麼可以怪你。」豬神不曉得自己的法術只施展一半而被看穿，只能自認倒楣。

「救命呀！救命呀！神啊！救救我！」一陣細微的求救聲，忽然傳進豬神耳裡。豬王嚇了一跳，連忙拿起權杖把聲音放大，聽清楚聲音來源。

「發生什麼事了？」看到豬神忽然變得緊張嚴肅的神情，大象好奇的問道。

「似乎有動物發生了危險，我得趕快去看看。」豬神話剛說完，已經消失在空氣中。

「救命啊！救命啊！」求救聲是從一隻腳被樹枝縫卡住的啄木鳥王發出來的，他身邊的樹木正起著熊熊烈火。

「水快來！不對，大雨快來！」豬神每次遇到這種緊急狀況，總會手忙腳亂。

天上開始下起大雨，火勢很快就熄滅了。

問題是，大雨越下越大，中間還夾雜著冰雹，把豬神的頭砸出好幾個腫起來的包。

「真是奇怪了，這雨怎麼經常關不起來？」豬神費了好一番功夫，才終於讓天空重新放晴。

「謝謝你，你真是我的救命恩豬。」啄木鳥王感恩的向豬王道謝。

「別客氣啦！這是我應該做的。」豬神不好意思的搔了搔他那顆滿是被冰雹打腫的豬頭說道。

「不，若不是你，我剛才差點就要被火給燒死了。所以，我一定要報答這份恩情。」啄木鳥王堅決的說道。

「真的別客氣了！」豬神仍然試著婉拒，只是聲音小了許多。

「至少讓我請吃一頓飯吧！我會做一道全世界最好吃的料理，請你務必要品嘗一下。」

「全世界最好吃的料理？」聽到這一句，豬神的口水已經滴下來了。

「好吧！你都這麼誠意了，我不吃怎麼行。」

「這道料理，在吃之前，要先用香氣燻過乾淨的身體，才能吃出最美味的味道。所以，你先去洗澡，我來做料理，等會兒料理完成，我幫你用香氣燻過身體，你就能吃到全世界最美味的料理了。」

「好，我去洗澡。」豬神在啄木鳥的帶領下，來到一處溪邊，跳到裡面快樂的洗著澡。

「哇！快二個月沒洗澡了！好舒服啊！」豬神在溪水裡用力的搓著身體，讓溪水上漂著一層厚厚的油垢。

「嗯！現在可以去享受全世界最好吃的料理了。」豬神蹦蹦跳跳的上了岸，把剛才因為洗澡而放在溪邊石頭旁的豬神權杖，重新用線綁在身體上，避免弄丟。

啄木鳥果然幫豬神全身弄得香噴噴的，並讓他吃上一頓前所未有的美食料理。

「好吃！好吃！真是太好吃了！」豬神吃完後讚不絕口。「以前動物們常說啄木鳥是森林裡的美食專家，今天總算見識到了。」

「謝謝您的誇獎，恩豬。下次有機會，我再做其他的料理請您。」啄木鳥恭敬的對豬神說道。

「哈哈！真是太謝謝了！下次有機會一定要再來品嘗你的美食。那我

要先走了，再見！」豬神向啄木鳥道別。

「嗯！吃飽飽，好想睡呀！」離開啄木鳥的住處後，滿肚子飽飽的豬神，越走越想睡。「這次不想變樹了，我來變成一顆石頭好了。」豬神找到一個陰涼的地方，把自己變成一顆石頭後，很快就進入夢鄉。

「喂！你幹嘛躺在我家門口偷懶睡覺啊？」一個聲音把睡夢中的豬神吵醒。

「我……我……不是一顆石頭嗎？」豬神迷迷糊糊的醒來，依稀還記得自己變成一顆石頭在睡覺，是誰會說一顆石頭在偷懶睡覺呢？他轉頭一看，原來是一隻滿臉怒氣的田鼠。

「你這隻豬是不是睡糊塗了，居然說自己是一顆石頭。不但如此，還睡到把我家的大門給壓壞，你要想辦法把它修好。」田鼠大聲的抗議著。

「對……對……不起，我不知道這是你家，我會負責把你家的大門修好的。」滿臉愧疚的豬王，連忙爬了起來。他心想，一定是自己急著想睡覺，才會沒把自己變成石頭，還不小心壓壞了田鼠家的大門。

「咦！我的權杖呢？」豬神正準備拿起權杖施展法術，把田鼠家的大門修好，卻發現他怎麼找也找不到隨身攜帶的權杖。「完蛋了，我把權杖丟到哪裡去了？可是我記得帶在身上的啊！」

「你可別想找理由開溜啊！請先把我家大門修好。」田鼠看豬神慌慌張張的，怕他給溜走。

「我一定會負責把你家大門修好的，請放心。」沒有權杖施法的豬神，只好乖乖坐下來，用手慢慢把田鼠的大門修好。

「我的權杖到底丟到哪裡去了？」離開田鼠家後，豬神不停的四處尋找他的豬神權杖，卻怎麼找也找不到。

十三

落魄豬神

「哇！媽咪，你看，一閃一閃的，好大的星星啊！」一隻小松鼠興奮的說道，他從沒看過這麼大一顆星星。

「現在是白天，哪來的星星？」松鼠媽媽回道。

「那這顆一閃一閃的是什麼呢？」小松鼠有點困惑。

「現在是大白天，那麼大一顆，當然是太陽啊！」松鼠媽媽想也沒想的回答道。

「可是，不是只有星星才會一閃一閃的嗎？為什麼太陽也會一閃一閃的呢？」小松鼠追問道。

「這我也不知道。打從出生以來，我也是第一次看到會一閃一閃的太陽，而且它發出來的光芒，似乎越來越弱，好像隨時會消失。不曉得發生什麼事了？」松鼠媽媽的臉上顯得有點憂心忡忡。

「好悶呀！」一隻蟬大聲抱怨著。

「對呀！真的快悶死了！」

「感覺不到一絲絲的風。」

「對呀！已經好幾天，一點風也沒有。」

「我好懷念那徐徐吹來的涼風呀！」

周遭的蟬兒們紛紛跟著抱怨不已。

「這場雨怎麼一直下不停？」小水鴨躲在大樹頂吶喊著。

「對呀！都已經四處水災了！」水鴨爸爸一手護著小水鴨，一邊擔心的說道。

「再這樣下不停，恐怕全世界都會被大水淹沒吧？」水鴨媽媽嘆了口氣說。

「這麼大的雨，害我們只能一直躲在池塘邊的大樹上，沒辦法快樂的在水面上游泳。」小水鴨抱怨著。

「唉！別再想著游泳了，你看看水面的高度，我們都已經快漂到樹頂上了。」水鴨媽媽一手抓著樹頂的枝葉，她這輩子第一次看到水可以淹到這種高度。

「再這樣，我們原本居住的小池塘，應該要變成大海了吧？」水鴨爸爸看著包圍著他們的滾滾大水，內心其實也是十分驚慌失措。

此時的豬神，正雙眼滿布著紅色血絲，不斷的尋找他那根怎麼找也找不到的權杖。這是他這輩子以來，第一次這麼多天失眠無法入睡。由於他沒有了權杖，無法施展法術，使用千里眼來尋找東西，更沒辦法跳到天上去察看地面。現在的他，只能一步一步的走在地面，四處找著他的豬神權杖。

整個世界，由於沒有他持著豬神權杖進行調控，已經漸漸失序，不斷開始出現各種亂象，再這樣下去，恐怕就要天下大亂了。

「我該怎麼辦呢？」豬神垂頭喪氣的自言自語。「難道，我要去勞動大家，來解決我的疏失所造成的傷害？」

「事到如今，也只能如此了！我真是對不起玉皇大帝，沒辦法把他所交待的任務完成。」豬神看了看天上一閃一閃、光芒已經快要熄滅的太陽，決定要採取行動來儘快解決。

「嗯！這種煙霧繚繞的感覺真棒，這溫泉水，彷彿把我身上的每個毛細孔都洗得乾乾淨淨，太舒服啦！」玉皇大帝正在悠哉悠哉的泡著溫泉渡假中。

「是呀！好久沒有這樣子邊泡湯邊欣賞風景啦！」王母娘娘邊泡湯、

邊看著外面落花繽紛的景色、邊喝著花茶，十分的快活。

「這真得感謝妳那十二生肖的好點子，要不是找來這十二隻動物領袖來輪流幫我代班，我們也無法如此愜意的放個長假。」玉皇大帝懶洋洋的躺在溫泉池邊，閉著眼說道。

「這選出來的十二生肖看起來能力似乎很不錯，就讓他們再繼續輪流代班下去好了！」放了這段時間的假後，王母娘娘也變得慵懶了起來，不想再回去工作了。

「咦！十二生肖宮的金爐發出了重大事情的訊號，似乎出事了。我們得趕快回去看看。」玉皇大帝的腦海裡，接受到金爐傳來的強烈訊號。當年在十二生肖宮裡的最後一項訓練，就是交待十二生肖們，若發生了什麼嚴重的事情無法處理，那就全部回到十二生肖宮，一起握著金爐上屬於自己權杖上的雕像，金爐就會向他發出訊號。無論他在宇宙的哪個地方，只

要一接受到訊號，就會儘快趕回來。

「發生什麼事情了？」帶著一絲絲怒氣的聲音忽然在十二生肖宮裡圍繞著，其實，玉皇大帝還在因為泡溫泉泡到一半而被打斷，心裡仍生氣著。

在豬王的四處求救下，知道事情嚴重性的十二生肖們，紛紛趕回十二生肖宮，好向玉皇大帝發出求救訊號。

「啊！玉皇大帝，您終於回來了！」原本圍繞著金爐的十二生肖轉頭一看，當年那個由玉皇大帝幻化而成，訓練他們法術的幻影正站在大廳中間。

「玉皇大帝，事情不好了！」

「豬王把豬神權杖弄丟了！」

「太陽快熄滅了！」

「現在天地已經處於一片混亂。」

十二生肖們紛紛跑到大廳中間，圍繞著幻影七嘴八舌的講著。

「你們講的事情很嚴重，先等我一下，我得先趕快去把天地秩序恢復正常。」幻影話說完，已經消失得無影無蹤。

玉皇大帝在天上以精熟的技巧，有條不紊的施展著法術，把太陽重新點燃光亮、讓各式的風重新吹撫地面、讓下個不停的雨給關掉……，一瞬間，所有的一切又上了軌道，天地又重新恢復秩序。

「到底是誰輪值的，怎麼搞成這樣？」重新回到十二生肖宮裡，幻影怒氣沖沖的問道。

「我……我……是我啦！」豬王滿臉愧疚，低著頭，瑟縮的舉起手。

「到底怎麼一回事？」幻影厲聲問道。

「我……把權杖弄丟了！」豬王像蚊子般的小小聲音回答。

「你說什麼？」幻影氣到聲音發著抖。「我不是一再叮嚀，那根權杖非常……非常的重要，你們一定要當成比自己生命還重要的東西保護著它，你怎麼會把它給弄丟？你知不知道事情的嚴重性？我要是剛才再晚一點回來的話，太陽將完全熄滅，到那個時候要再重新啟動太陽，要花很多年的時間，大地將陷入十分長久的黑暗。」

「我……我……我知道。我一直很小心的保護著那根權杖。而且，為了怕忘記，我還用一根繩子把它跟我的身體綁在一起，也不知道為什麼，睡了一覺醒來，權杖就不見了。」豬王哭喪著臉說道。

「嗯！奇怪了！居然連我也找不到那枝權杖。」聽完豬神的說法，玉皇大帝試著使用千里眼尋找那枝權杖，卻怎樣也找不到。「而且，照理

說，那根權杖除了豬神自己，應該沒有任何動物能拿得動而把它偷走才對。」

「接下來，要怎麼辦呢？」

「豬王要繼續輪值嗎？」

「怎麼輪值？他的權杖都已經弄丟了。」

「別說他，可能連我們都無法輪值了。」

「沒有了豬神權杖，金爐就無法把法力轉移到其他權杖了。」

眼看著情況嚴重，十二生肖紛紛你一言、我一語的爭吵不休，只有豬神低著頭沉默不語的躲在一旁。

「你們都先回去吧！」幻影揮了揮手，要十二生肖們都先回家，看起來心情很糟。

「是。」十二生肖們看到這樣的情形，也只能拖著沉重的步伐準備離

去。

「等一下。」幻影叫住十二生肖。「我想，趁這次的事件，也要順便檢視一下，我當初安排十二生肖的想法是不是正確。我本來的想法，是你們第一年輪值，就算發生一些錯誤，也必須給你們一些機會與時間，在第二次、第三次輪值時慢慢改善修正。但這次發生這麼嚴重的事，我必須要重新考慮這件事情了。」

「玉皇大帝，您的意思是？」鼠王帶頭問道。

「我想聽聽大家對你們代班這近十二年來的想法，再來考慮是否要繼續讓十二生肖代班。或者，讓不適合的生肖退出，尋找新的替補者。嚴重一點的話，甚至就取消十二生肖輪值，我就辛苦一點取消休假吧！」

「啊?!」聽到玉皇大帝的講話，十二生肖們不禁嚇了一大跳。

「一個星期後，我要召集全部的動物們集合到十二生肖宮前，聽聽大

家的想法，再來決定該怎麼做。你們都先退下吧！」幻影說道。

十二生肖們垂頭喪氣的離開，不過，才剛走出十二生肖宮，大家就開始怪罪起豬王來了。

「那麼大一枝權杖，你也能把它弄丟？」

「你的腦袋到底是長到哪裡去了？」

「因為你的疏忽，可能會害得我們無法再輪值。」

「我看，你就直接退出十二生肖謝罪吧！」

豬王聽到這些話，心裡實在非常難過，但他也無法反駁，因為權杖確實在是他手中弄丟，才會惹出這麼大的風波。

豬王弄丟權杖的消息，很快就傳了開來，大家都知道這件事。

「怎麼會有這麼離譜的事？」

「聽說因為他而拖累了其他生肖。」

「原來前陣子天地間的亂象是他闖的禍。」

「我看他，實在是不適合再擔任十二生肖了吧？」

「應該找個更有能力的動物來替代他才對。」

由於沒有了豬神權杖，豬王變回了一隻平凡的豬，只能在地上一步一步慢慢走。動物們見到他時所刻意講的冷言冷語，他當然都聽在心裡，也十分的難過。

這一天，他努力的在森林裡四處尋找那根丟失的權杖，經過了無尾熊部落，詢問他們是否有看到那枝權杖。

「沒有。」

「沒看到。」

無尾熊們紛紛搖頭。

「總歸一句，我們不喜歡整天又懶又愛睡覺的動物，你快走吧！」豬王離開沒多久，無尾熊們就抱著樹幹睡著了！

正準備轉身離開的豬王，聽到這句話，更是一陣傷心，掩面流淚，偏偏走沒幾步路，天上又下起大雨，把他全身淋得濕漉漉的。

「連玉皇大帝都在嘲弄我嗎？」豬王越想越傷心，哪裡會想到，這陣雨本來就是這個地方剛好應該下，而不是針對他的。

「弄丟權杖的確是我的錯，但嘲笑我又懶又愛睡覺，我就覺得很不公平。為什麼無尾熊跟貓熊一樣又懶又愛睡，大家就那麼喜歡他們？難道就因為他們比較會裝可愛嗎？」豬王越想心裡越氣。

「要裝可愛就來裝可愛，誰不會？哼！」豬王賭氣的把自己的身體塗成跟貓熊一樣的黑白相間圖案，再奮力的爬上一棵樹幹上，嘟著嘴巴想要學無尾熊裝可愛。

「啊！慘了！完蛋了！」裝了老半天的可愛，卻沒有任何路過的動物發現。更慘的是，他剛才努力的爬上了樹，現在卻不知道如何爬下來，而且，他還有懼高症，往地面一看，那個高度嚇得他全身不斷發抖。

「救命呀！救命呀！」豬王邊發抖、邊拉開喉嚨吶喊著。

「呃！那隻在喊救命的是什麼動物呀，怎麼從來沒看過？」

「既像豬，又像貓熊，又有無尾熊的動作。」

「該不會是突變種吧？」

三隻剛好路過的大猩猩，看著樹上這隻怪異的動物討論了起來，像是完全沒聽到他正在大聲呼救。

「你們三位最會爬樹的大猩猩行行好，趕快救我下來吧！」豬神用發抖的聲音，盡可能的拉大嗓門向路過的三隻大猩猩求救。

「咦！這隻動物認識我們嗎？」

「他怎麼知道我們很會爬樹？」

「這隻從來沒看過的奇怪動物，會不會是要誘拐我們爬上樹之後，然後一口把我們吃掉？」

三隻戒心頗重的大猩猩又討論了起來。

「我不是什麼奇怪的動物，我是豬王啦！拜託你們快救我下來吧！」

豬王沒好氣的向他們說明自己的身分。

「你是豬王？」

「沒騙我們？」

「豬王為什麼會變成這樣子？」

三隻大猩猩又好奇的討論起來。

「請你們先救我下來，我再跟你們說明為什麼會妝扮成這樣。」豬王再次向三隻大猩猩喊話。

「聽說前陣子天地大亂，就是因為你弄丟權杖所引起的是吧？」其中一隻大猩猩問道。

「是啦！」豬王回答。

「那我們是絕對不可能救你的。」三隻大猩猩的語氣中充滿了怒氣。

「為什麼？」豬王緊張的答道。

「你看我頭上的傷，就是因為陽光太暗，害我去撞到樹幹造成的。」一隻大猩猩指了指頭上還沒完全復原的傷口說道。

「你看我屁股的傷，是在爬樹時，被突如其來的龍捲風捲到半空中摔下來所形成的。」另一隻大猩猩指著自己一邊腫大的屁股說道。

「我那天在河邊舒服的洗澡，忽然出現的大雨所造成的洪水，差點把我淹死。」第三隻大猩猩怒氣沖沖的說道。

三隻大猩猩說完，頭也不回的走開，一點也不理會大聲苦苦哀求的豬王。

接連路過的動物們，知道樹上這隻看起來四不像的動物原來是豬王後，也都嘲笑過後就離開。

「救命呀！救命呀！」豬王不斷的叫，最後喉嚨沒力，叫出來的聲音已經越來越虛弱了。

「喂！你爬那麼高在幹嘛呀？」豬王又喊了好一陣子，才終於聽到樹底下傳來了回應。

「我有懼高症，不敢爬下去。」豬王往下一看，原來是剛好路過的狐王。

「狐王，救救我呀！」

「真是奇怪了，不曉得怎麼爬下來，幹嘛爬上去呢？」狐王不愧是最聰明的動物，一眼看穿樹上那頭怪異的動物是豬王。他一邊碎碎唸、一邊

還是去找了工具來幫忙豬王重新回到地面。

「謝謝你，狐王，你救了我一命。」豬王緊緊握著狐王的手答謝。

「別這麼客氣，之前你也曾救過我一次。只是，這到底怎麼一回事呀？」狐王關切的問道。

「唉！事情是這樣的。」豬王把他輪值生肖時弄丟豬神權杖，及之後導致天地失控的過程說了一遍給狐王聽。

「原來如此。」聰明又機伶的狐王聽完，心中已經大概知道怎麼回事了。

「狐王，你已經知道發生什麼事了嗎？全森林就屬你最聰明，你一定知道，請你快告訴我。」豬王看狐王的反應，急著想從他身上知道權杖的下落。

「豬王，你別急，我雖然心中有想法，但還得去找更多的證據。」狐王拍拍豬王安慰他。「你先回去，再過二天，所有的動物就會在十二生肖宮前聽候玉皇大帝的召見，到時，我相信能幫你討回公道。」

「狐王，謝謝你，你真是我的救命恩公。」豬王在狐王身上看到了希望，激動的跪了下去。

「豬王，你別這樣，起來。」狐王把豬王扶了起來。「先回去好好休息，二天後我們十二生肖宮前見。」

「好。謝謝！再見。」豬王離開狐王，心中總算有鬆一口氣的感覺。

十四
生肖去留

「今天召集大家來到十二生肖宮前，是因為今年剛好是十二生肖第一次輪值的最後一年，加上發生了一些重大的事情，因此我在思考是否要調整十二生肖的輪值制度，特別邀請大家來，想聽聽你們的意見。」玉皇大帝的聲音從天上傳進十二生肖宮前所有動物的耳裡。「首先，我想先聽聽大家對十二生肖這十二年來輪值的看法。」

「鼠王做得很差勁，請玉皇大帝快把他換掉吧！」貓王毫不猶豫的說道。

「不會啊！我覺得鼠王做得滿用心的啊！在他輪值的那一年，四處風調雨順，看得出他很努力的想把事情做好。你不能因為跟鼠王之間的恩怨，就故意忽視他的努力，把白的講成黑的啦。」一向忠厚老實的牛王，雖然也很討厭當年十二生肖比賽時鼠王所做的事，但他在輪值後的確盡心盡力做事，因此還是站出來幫他說話。

「對啦！對啦！牛王說得有道理。」一些動物聽到牛王這麼說，也跟著附和。

「鼠王的確做得挺用心，但牛王你自己就需要再改進改進了。」棕熊說道。

「我輪值那年，幾乎沒日沒夜的盡心盡力想把事情做好，絕不會輸給鼠王，哪裡需要改進了？」聽到棕熊的說法，牛王火冒三丈。

「你自己沒日沒夜就好，幹嘛我們大家要好好休息一下，你都會來搞破壞？」棕熊想起自己睡到一半卻火燒屁股這件事，仍然心有餘悸。

「對呀！我們也是在湖裡游到一半，差點被突然結冰的湖面給凍死。」天鵝也跳出來大聲抗議。

「我覺得我這麼做並沒有錯，這個世界要變得更美好，本來就要大家都勤勞努力做事才行。像是許多動物努力在準備糧食過冬，天鵝們卻還可以整天悠哉悠哉游泳，這麼懶惰怎麼行？」牛王大聲為自己辯駁。

「你怎麼會覺得只有你自己在勤勞？我們那時剛辛苦的打獵吃完魚後，想睡個午覺，就算是不勤勞了嗎？」聽完牛王的話後，棕熊大聲抗議。

「對呀！我們在水面上的姿態看起來悠哉，但水面下的腳游得快瘦死了。更何況，怕冷的我們並不像其他動物一樣，會準備糧食過冬，而是直接飛到比較溫暖的地方去過冬。這趟長程旅途可是非常艱辛的，如果沒有非常堅強的意志力與體力，甚至有可能死在半途中。」聽到牛王的說法，天鵝們也是一肚子火。

其他被牛王輪值時修理過的動物，也紛紛跳出來抗議，讓牛王無法繼續辯駁，羞愧的低下頭不敢再說話。

「那麼，虎王應該做得不錯吧？」玉皇大帝的聲音由天空發出。

「是呀！虎王做得最好了！」

「虎王最有愛心了！」

「虎王是我們的偶像。」

「虎王！虎王！虎王！」

草食性動物們聽到虎王，都興奮的尖叫起來，大聲的歡呼著。

「吼！虎王不過是個自私自利，只為了爭取自己的好名聲，犧牲其他肉食性動物權益的傢伙。」豹王跳出來大聲抗議。

「是呀！自從虎王輪值生肖後，我們肉食性動物都快餓死了！」熊王抗議道。

「我們本來就不適合吃草，卻硬是逼我們吃草，真是太過分了！」鱷魚王不說話，大家還沒發現，本來身體像樹幹一樣粗的鱷魚王，現在瘦得

像樹枝一樣細。

草食性動物與肉食性動物，就這麼二邊大聲吵了起來。

「好了！好了！別再吵了！大家的想法我知道了。」玉皇大帝的聲音傳來。「那兔王做得如何呢？」

「兔王不錯呀！做事超有效率的。」

「是呀！看他整天蹦蹦跳跳，四處巡邏，遇到任何問題就飛快完成，真是超棒的。」

許多動物誇獎起兔王，讓他開心的臉紅不已。

「自己做事快很好，但也不必找我們這些動作較慢的動物麻煩吧？」蝸牛王對上次被忽然結冰的樹黏在上面還心有餘悸。

「是呀！我覺得他根本是公報私仇。」上次在池塘游泳被雷打中，害得烏龜王從此不敢靠近池塘。

「你們大家看我這身光溜溜的，就像沒穿衣服的感覺，是要怎麼見人啦？」毛毛蟲王用手想要遮住自己失去毛的光溜溜身體。

「就是嘛！你看我的頭撞到的大包包，到現在還沒消。」樹懶慢條斯理的講話速度，讓大家完全聽不懂他在講什麼。

「所以，他們講的是真的嗎？」玉皇大帝的聲音帶點責備。

「是……是……是真的。」兔王原以為自己做這些事神不知鬼不覺，卻沒想到原來大家都知道，羞愧得低下頭。

「唉！那龍王呢？」玉皇大帝嘆了一口氣說道。

「咦！龍王有輪值嗎？」

「原來龍王真的是十二生肖啊？」

「我還在想，那年沒有任何生肖輪值，怎麼一切風調雨順呢？」

低調的龍王，讓動物們驚訝得發現，原來他真的輪值過生肖。

「好呀！這龍王表現得真好，我一定要好好獎勵他一下。」玉皇大帝就喜歡做事低調隱密，跟龍王的個性一拍即合。

「只是，我覺得那一年很奇怪，經常無緣無故就起大霧。」烏鴉王說道，他到現在還在想，為什麼那一年起了那麼多場大霧。

「是呀！我覺得那一年的霧特別濃。」

「對呀！經常伸手不見五指，根本不敢出去做事情。」

「這麼說來，這些霧難道跟龍王有關？」

動物們紛紛附和烏鴉王的說法，並開始質疑。

「那蛇王呢？」玉皇大帝聽完動物們的說法，已經知道那些霧是怎麼一回事，連忙轉移話題，幫跟他一樣低調做事的龍王掩飾。

「我覺得蛇王做得還不錯吧！」

「是呀！沒想到他沒手沒腳，做事卻還挺伶俐的。」

「嗯！不曉得是不是龍王有幫他的忙。」

蛇王聽到動物們的誇獎開心極了，不然，其實他以前經常因為自己不像其他動物一樣有手有腳而覺得自卑不已。

「他做事算用心，只是別把冬天搞得跟春天，甚至夏天一樣好嗎？」

「是呀！被搞得都沒辦法睡覺了。」

「床都弄得濕答答的，連醒著都難過。」

一堆需要冬眠的動物，不禁趁這個機會提出抱怨。

「對不起啦！可是，太冷的話，我也想睡，就沒辦法幫大家服務了。」蛇王聽到大家的抱怨，知道是自己的錯，很有誠意的向大家道歉。

冬眠動物們唸在蛇王雖然沒手沒腳，但做事卻非常用心，而且還這麼有誠意的道歉，也就都不再說什麼了。

「那大家覺得馬王如何呢？」玉皇大帝的聲音響起。

「依我看，馬王才是做得最爛的生肖。你看看他把我搞成什麼樣？」玉皇大帝的話剛講完，驢王的頭朝著天空不斷左右搖晃，甩著背上長長的背毛，急著抱怨。

「我完全認同驢王的話，大家看看我現在的樣子。」像隻超大型臘腸狗的駱駝王悲憤的說道。

「我好意讓你們看起來像我一樣更有精神、更帥氣，你們不感謝我，居然還說這種話，真是太沒良心了。」馬王覺得自己真是好心沒好報。

「我一點也不想要你那種有精神的方式。」驢王不領情的說。「更何況，我的頭一直朝著天空看，前方發生什麼事根本不曉得，老是撞到東西。有次，我還差點摔到懸崖底下。

「是呀！我一點也不喜歡現在的樣子。我那駝背是天生的，而且，我覺得我天生的模樣就是最帥的。」駱駝王大聲反駁馬王的說法。

「就是嘛！我失戀心情很不好，難道也要抬頭挺胸嗎？」企鵝王想到上次追求一隻母企鵝被拒絕已經難過得垂頭喪氣，卻還得將頭朝向最有精神的角度。

馬王聽到許多動物的抗議後，顯得有點慌張失措，發現自己的好意好像對動物們造成很大的困擾，不禁羞愧的低下頭來。

「好了！我知道了！接下來換羊王了。」玉皇大帝的聲音響起。

「我……我……真的不是故意的，請大家原諒我吧！」一向紳士般溫文有禮的羊王看到前面幾個生肖被大家批評的樣子，不禁為自己的行為感到十分心虛與歉意，所以不等其他動物講就先跳出來認錯。

「怎麼一回事呀？」玉皇大帝被羊王突然的反應嚇了一跳。

「我……我……都是我不好。當年誤吃果實後的瘋狂行為，讓我成為大家的笑柄，所以我才會……變出那些有毒的植物，想讓大家也體驗一下

我的痛苦。」羊王滿臉愧疚的說明。

「原來是你，害我的皮膚癢得要死，你看都抓破皮了。」

「你害得我好慘，我拉肚子拉到差點把腸胃都拉出來了。」

「你把我搞得像瘋子一樣知不知道？」

本來，羊王在做這件事時非常隱密，沒有動物知道。這時聽羊王的說明後，大家才恍然大悟，原來一切都是羊王幹的好事。

「嗚！對不起大家，我知道錯了。」老羊王忽然膝蓋一軟，就跪倒在地上，一把鼻涕、一把眼淚，懇求大家的原諒。

「好啦！好啦！原諒你了。」

「沒事了，快起來吧！」

「這件事，其實大家也有錯在先，不能全怪你。」

動物們看到一向溫文有禮、做事認真的羊王，因為做錯這件事而哭得

一把鼻涕、一把眼淚，連忙反過來安慰他。

「好了！羊王，別哭了。既然大家原諒你了，今天過後，趕快去把那些有毒的植物除掉知道嗎？」玉皇大帝看到羊王的樣子，也不禁有點同情。

而羊王雖然在這之後，四處清除有毒植物，但仍有些沒被他清乾淨的一直流傳到現在。像是咬人貓、姑婆芋……這些山區常見的有毒植物，就是當年沒被清乾淨而流傳下來的。

「接下來換我了。不用大家的稱讚，都知道在我輪值期間，為這世界帶來多少美麗的事物。」猴王自認為十二生肖中，就屬自己做得最好，而且為這世界帶來了美麗的元素。

「有誰要稱讚你的？」

「我恨死我現在的屁股了。」

「真是夠了，請把我的屁股變回來。」

動物們互看著對方那又紅又大的屁股，議論紛紛。

「唉！沒想到大家的審美眼光，依然不夠高尚。看起來，我做的努力實在不夠。」對於動物們的抗議，猴王很自責沒有好好加強大家的美感教育。

「嗯！猴王，你想讓世界變得更美的用心值得肯定，只是……」玉皇大帝看了看地面動物們那紅通通的屁股，強忍著笑意，但看見猴王那麼堅定的表情，也不禁開始質疑，是不是自己太沒有美感，因此不敢再往下說，連忙轉移話題。

「那雞王呢？」

「雞王真的是太過分了，每天那麼早把我們吵醒。」無尾熊王第一個

抗議。

「是呀！難道我們就不能多睡一點嗎？」貓熊王自從雞王輪值後，每天雖然一早就起床，卻因為沒睡飽而整天處於半夢半醒的狀態。

「對嘛！我們晚上打獵到一早，才剛睡沒多久，卻又被吵醒，根本無法好好睡飽，結果晚上邊打瞌睡邊找食物。」貓頭鷹王也跳出來抗議。

「不是所有的動物都需要早起的吧？」

動物們群起抗議的聲浪，讓雞王嚇了一大跳，原來早起對大部分動物們居然帶來如此的痛苦。

「對……不……起。我本來以為大家都喜歡跟我一樣活力滿滿的。」雞王有點抱歉的說道。

「嗯！那麼大家對狗王的看法呢？」玉皇大帝問道。

最有禮貌與熱情的狗王聽到後，趕快跳出來伸出舌頭，準備朝在場的

動物們打招呼。

「別過來。」

「離我遠一點。」

「我的舌頭被你害得快爛掉了。」螞蟻王大聲抗議，因為他們在外面搬東西時，本來就規定要用觸角不斷向對方打招呼，但現在變成用舌頭舔對方的臉後，他們一整天要舔上數百次，害他舌頭整個發炎，都快爛掉了。

許多動物看到狗王要過來打招呼，連忙向後退開，甚至發出抱怨與抗議。

「大家的反應，也太冷漠、太沒有禮貌了吧？」狗王心裡感到十分難過的低下了頭。

「那麼豬王呢？」玉皇大帝問道。

動物們紛紛轉頭朝豬王看去，只見全身髒兮兮的他，正帶著憨厚的笑容也看著大家。

「豬王做事太不夠嚴謹了。」兢兢業業輪值一年的鼠王說道。

「動作慢吞吞的。」兔王與馬王異口同聲說道。

「法術施展得很糟糕。」一向施法精準的蛇王說道。

「經常偷偷跑去睡覺。」一向勤勞的牛王也說。

「什麼偷偷跑去睡覺而已，根本是經常睡過頭，讓大家都遲到。」

雞王非常生氣的說道。平常好吃懶做的豬神，在掌握天地時，也是時常偷懶，讓太陽也跟著睡過頭，大地繼續黑暗，公雞們也跟著睡過了頭，所以讓所有的動物也一起睡過頭。這讓一向以每天準時早起，隨著太陽第一道曙光放聲啼叫叫醒大家的公雞非常火大，因為睡過頭對他們而言可是被視為奇恥大辱的一件事，讓他們覺得在其他動物面前抬不起頭來，因此經常

向雞神投訴。也因此，在所有的生肖中，雞神最是討厭豬神。

「而且身體髒髒的。」

「還有點味道。」

……

想要批評豬王的動物，排了很長的隊伍。

獅王看到這個情形，暗自在心中竊笑。

花了好幾個小時的時間，總算讓所有想批評豬王的動物都說完。

豬王在一旁越聽心情越沉重，原本憨厚的笑臉，也逐漸變成苦笑，再變成哭喪著臉。

「難道豬王輪值這一年，都沒什麼優點可說的嗎？」玉皇大帝質疑的問道。

「有！豬王每次看到大家有困難，一定第一個跳出來幫忙。」糞金龜

王第一個跳出來幫豬王講話，雖然他覺得豬王經常幫倒忙。

「我也認同糞金龜王所講的。」羊駝王也跳出來講話，上一次要不是豬王的幫忙，恐怕他早就進了野狼群的肚子裡。

連續二位好朋友出來幫忙講話，讓豬王感到十分窩心。

「其實，我也覺得豬王不錯啦！」上一次被豬王誤打誤撞治好脖子扭到後面的貓頭鷹，發現自己的脖子可以自由的轉向任何角度，讓他打獵時沒有死角，其實還滿感謝豬王的。後來，所有的貓頭鷹族全部排隊去要豬王幫忙把脖子變成可以自由轉動的模式，他也很不怕辛苦的一個一個幫忙完成。

「我也覺得豬王做得很好，他總願意傾聽動物們的心聲！」動物們轉頭找尋聲音的來源，發現是隻有著許多隻腳的蚯蚓王在說話。

「你是誰？」玉皇大帝好奇的問道。

「我是原本的蚯蚓王，只是現在改名叫馬陸王啦！」蚯蚓王不好意思的笑著。自從上次被豬王變出許多腳後，本來不習慣而經常跌倒的他，現在不但習慣，而且發現利用這麼多隻腳，可以爬來爬去非常方便，因此很感謝豬王。許多蚯蚓也紛紛向豬王要來一堆腳，只不過不是每隻蚯蚓都習慣這麼多隻腳。後來，喜歡原來模樣的就還叫蚯蚓，而喜歡新身體的，就另外取了一個新名字叫「馬陸」。

「其實，豬王他很有愛心呀！」豹王此時跳出來幫豬王說話。

「對呀！我們之前餓得瘦巴巴，他就想辦法找來許多豬肉讓我們吃。」鱷魚附和說道，許多肉食性動物也跟著附和。

「不，不論豬王是不是有愛心、多愛幫助動物們，他可是犯下了非常嚴重的大錯——把他的權杖給搞丟了，不是嗎？」獅王看到一些動物跳出來幫豬王講話，讓他忍不住跳了出來。

「權杖我已經找到了，只是有些事情我還不太明白，這件事應該不能全怪豬王。不過，大家說得都很有道理，真是令我為難呀！」玉皇大帝聽完大家的話後，顯得有點不曉得該如何取捨，但隨即一想，想出了一個辦法。「大家的感受都不一樣，這樣吧！我們直接用投票表決。如果大家覺得這生肖做得好，獲得過半的支持，那就保留他在十二生肖裡繼續輪值。」

「好呀！好呀！」

「這樣最公平了！」

「我喜歡這個主意。」

動物們都覺得玉皇大帝的辦法很好。

「不過，我還是得再好好提醒大家一下，所有的生肖們都是第一次擔任掌管天地的工作，或許有些需要改進的地方。但如果他們已經十分努力

的想把工作做好，那麼大家也應該要多給他們一些機會改善，同時也要給他們多一些鼓勵，讓他們有第二次輪值的機會來改善。那我們現在就開始投票表決了。」

投票在緊張的氣氛中進行。

「現在，我要公布投票的結果了。」投票一結束，玉皇大帝立刻開票公布結果。

「鼠王通過。」

「牛王通過。」

「虎王通過。」

「兔王通過。」

「龍王通過。」

「蛇王通過。」

「馬王通過。」

「羊王通過。」

「猴王通過。」

「雞王通過。」

「狗王通過。」

「豬王……咦……差一票，沒通過。」

「等等，我再重算一次。」

「重算一次還是差一票，沒通過。」

在投票前，豬王心想，應該沒有太多動物支持他繼續留在十二生肖裡吧！雖然他十二年前一開始就沒打算參加十二生肖比賽，更沒打算擔任什麼玉皇大帝的代班，只想好好的睡覺、玩玩泥巴，偶爾吃頓大餐。但一想到應該沒什麼動物會支持他，卻又顯得心情有點低落，內心充滿了矛盾。

老實說，最後發現原來還有這麼多動物認同他，支持他繼續留在十二生肖裡頭，即便差那一票而無法留任，他也高興到眼眶流下淚來了。

「謝謝大家。謝謝大家。謝謝投票給我、支持我的動物們。」豬王不斷的朝向周圍的動物彎腰鞠躬表達謝意。

「好了！結果出爐，豬王不能再繼續留在十二生肖裡了。」獅王滿臉笑意的將正在彎腰鞠躬表達謝意的豬王推開，他等這一刻等很久了！「當年的比賽，我因為疏忽而變成第十三名，可以說是候補第一名。現在既然豬王的表現在表決時沒通過而退出十二生肖輪值，那應該就是由我來遞補了！」

「嗯！照說應該如此沒錯。」玉皇大帝傳來肯定的聲音。

「等一下，我有疑問。」一個聲音從獅王的背後傳來。

「什麼疑問？」玉皇大帝問。

「就算豬王不能繼續待在十二生肖裡，可能也無法由獅王遞補。」說話的原來是狐王。

「為什麼不能由我遞補？」獅王回頭狠狠瞪著狐王。

「因為，我強烈懷疑，豬神權杖就是你使計偷走的。」狐王銳利的眼神就像是看穿獅王一般。

「你……你亂說什麼？憑什麼說豬王弄丟了豬神權杖跟我有關係？」獅王抗議的聲音顯得有點心虛。

「是呀！狐王，你沒有證據可不能亂說呀！」玉皇大帝說道。

「玉皇大帝，我是合理的懷疑，等一下就能證明是不是我錯了。如果是我推測錯誤的話，我會鄭重向獅王道歉的。」狐王笑笑的說道。

「哦！那你倒是說看看你的推測，因為那根豬神權杖雖然被我找到，我卻很好奇它到底怎麼弄丟的。」玉皇大帝說道。

「嗯！如果我沒猜錯的話，玉皇大帝您應該是在一條溪邊找到那根權杖的是吧？」狐王問道。

「沒錯。我從頭到尾都沒說，你怎麼知道？」玉皇大帝不禁暗暗佩服。

「很簡單，因為豬王有跟我提到，那根權杖除了他自己之外，其他動物是無法隨便拿走的。而他最後弄丟權杖時，居然是睡了一覺之後不翼而飛，很顯然一定有其他動物偷偷拿走，這只證明了一件事。」

「證明什麼事？」玉皇大帝問道。

「那枝權杖是假的。」狐王口氣篤定的說道。

「有道理。」玉皇大帝說道。

「因為豬王知道自己記性不好，因此一直把權杖牢牢綁在自己身上，所以豬王的真權杖被掉包成假權杖，最有可能的時間點，便是他之前一次

權杖離開身體的時候。而那個時間點，便是豬王救了啄木鳥王後，被邀請去吃大餐前洗澡的時候。」狐王繼續說道。

「你不能誣賴我呀！」啄木鳥王聽到這裡，緊張的跳出來否認。

「我沒有誣賴你，你除了是森林裡的美食專家外，可還是森林裡鼎鼎大名的雕刻大師兼模仿王，要打造一隻跟真的一模一樣的權杖，對你來說，真是再簡單不過了，對嗎？」狐王質問著啄木鳥王。

「我……我……」啄木鳥王嚇得說不出話來。

「我猜得沒錯的話，啄木鳥王一定是趁豬王在洗澡不注意時，把真的權杖偷偷的用石頭或樹木遮起來，放上以假亂真的權杖讓不明究裡的豬王拿走。」狐王繼續推理道，「不過，啄木鳥王會做這件事，其實並沒有什麼好處，因此一定有背後的主使者。這個背後的主使者，當然就是豬王無法留在生肖後的遞補者——獅王。」

「就算啄木鳥王是雕刻大師兼模仿王，你也不能隨便就說假權杖是他製作的吧？更何況，你憑什麼說我是主使者。」臉色慘白的獅王，仍跳出來想幫啄木鳥王與自己辯護。

「啄木鳥王及獅王，狐王的推測可是真的？」玉皇大帝厲聲問道。

「要是你們不說實話被我查出來的話，後果自行負責。」

「哇～是我做的沒錯，可是我是被逼的呀！」啄木鳥王忽然認錯跪倒在地，哭得一把鼻涕、一把眼淚。「要不是獅王把我的父母、兄弟姐妹都給抓走威脅我，我有天大的膽子也不敢這麼做啊！」

「獅王，你好大的膽子呀！」玉皇大帝震怒的聲音，伴隨著轟隆作響的打雷聲傳到地面，動物們都聽得心驚膽跳。

「我……我……，玉皇大帝，我知道錯了！」獅王跪倒在地上，聲音顫抖的認錯。

「你知道你犯了多麼不可饒恕的大罪嗎？」玉皇大帝充滿著怒氣說道。「這枝權杖關係著天地的運轉，要不是我及早趕回來的話，連太陽都將熄滅，到時整個天下將陷入一片陰暗。你怎麼可以為了自己的私利，做出這麼無可饒恕的事？」

「轟隆！轟隆！」正當玉皇大帝發飆教訓著獅王時，大地忽然一片地動山搖，傳來巨大的聲響。

「發生什麼事了？」

「地震了嗎？」

「好可怕呀！」

「我連腳都站不穩了！」

動物們不曉得發生什麼事，一邊想辦法穩住身體、一邊議論紛紛。

「天呀！」

「我有沒有看錯？」

「我這輩子從沒看過這麼奇特的景象！」

動物們朝著震動來源的方向不斷探尋，才發現，伴隨著巨響及飛揚的塵土而來的，居然是非常大群的水族生物，都被嚇了一大跳。

「不好意思，我們從海裡、湖裡趕到這邊比較遠，所以慢了點。」不斷翻滾身體，首先穿出森林的海豹王說道。緊接在後面的，是海獅王、海狗王、海象王、海豚王、海牛王、章魚王、金魚王……，數也數不清的水族生物。

「歡迎你們大家的到來。」玉皇大帝剛才忙著教訓獅王，因此即便在天上，也沒注意到這一大群突然冒出來的水族動物們，所以也被嚇了一大跳。

「不過，你們從水裡到陸地，真是辛苦了。」

「不，聽到玉皇大帝想要知道大家對十二生肖的評價來決定他們的去

留，再辛苦我們也得來。」海獅王、海狗王、海象王、海豹王、海牛王，異口同聲說道。

「哦？你們想給生肖們什麼評價呢？我很想聽聽。」玉皇大帝說道。

「其他生肖我們不熟，因為他們很少下到水裡面去關心我們。但我們來到這邊，只是想讓玉皇大帝知道，豬王他在輪值時做得非常的棒。」

由於當年在參加十二生肖比賽，在第一座山頭滾下山時，受到許多陸地動物的冷眼旁觀及嘲笑，只有豬王真正的伸出援手幫助海豹王、海獅王、海狗王、海象王及海牛王。因此，豬王的善良，早就在海中生物裡流傳。更不用說，豬王自從當上豬神後，經常冒著被水嗆到的情況，進入其他生肖很少進入的水裡，多次幫助生活在水裡的水族生物們。因此，當他們聽到玉皇大帝想知道動物們對十二生肖的評價，水裡生物們再辛苦也要紛紛衝上陸地，就是為了幫豬王說話支持他。

聽完水裡生物們不斷的講述著豬王各種幫助水族生物們的事蹟，甚至被水嗆到差點溺死，也依然一醒來之後，又下水繼續幫忙，玉皇大帝感動得流下眼淚來。

「身為玉皇大帝的代班，一定要有一顆仁慈善良，且不畏艱難的心，才能真正去體諒每種動物的困難與需要，並能給予真正的照顧。在這十二年來的輪值中，我們水族生物，只感受到豬王真正的做到這一點。」海豹王、海獅王、海狗王、海象王及海牛王異口同聲的說道，其他水族生物則是不斷點頭認同。

「我們剛才已經投票表決過誰該留在十二生肖裡頭，豬王差一票而未能留在十二生肖裡。不過，那是水族生物們還未參與表決前的結果。我相信，你們大家都願意把你們的一票投給豬王對嗎？」玉皇大帝大聲問道。

「那當然。」所有的水族生物們用力點頭。

「那我要正式宣布，豬王以非常高的票數過關，他將繼續留在十二生肖裡輪值。」玉皇大帝宣布。

豬王看到眼前的場面，居然有如此多動物稱讚著自己，最後還讓他留在十二生肖裡，感動得不斷流淚嚎啕大哭，一堆動物紛紛上前去安慰他。

「豬王，別哭啦！」玉皇大帝的聲音，終於讓豬王停止了哭泣，剩下哽咽。「我相信你再怎麼熱心、喜歡幫助其他動物，應該也改變不了你懶洋洋的個性，但這樣也好，因為辛苦了十一年之後，大家就趁著豬神當值這一年，偷偷的偷懶一下，就跟我一樣，哈哈哈哈。這一段時間我好好休息之後，身體健康也有元氣多了，做起事情來更是神清氣爽。所以說啊，勤奮努力是一種美德，但如果一直勤奮努力，可就不見得是一種美德，而是有傷身體健康的醜德了。」

「豬王萬歲！豬王萬歲！」聽到玉皇大帝的說法，動物們想到終於每

十一年後能擁有一個偷懶年，不禁也都開心的歡呼起來。

忽然聽到玉帝對自己的誇獎，豬王又再次感動得一把鼻涕一把眼淚。

「不過，我也希望豬王在第二次開始的輪值，能比第一次表現得更好。因此，有一件事情我要命令聰明機智的狐王來協助豬王。」

「報告玉皇大帝，有什麼事需要我效勞的，我非常樂意。」狐王答道。

「豬王如果能一定程度的改善他的健忘症，經常把身體洗得香噴噴的，相信他在輪值時會做得更棒，你來幫他想想辦法吧！」

「報告玉皇大帝，沒問題，這件事情就包在我身上吧！」狐王很有自信的答道。事實上，他後來也很盡責的帶領著狐族發明了記憶加強器、自動提醒器及自動洗澡機來幫助豬王，讓豬王從第二次輪值開始，少掉一些糊塗事，並四處協助需要幫忙的動物。

「獅王，你站住。你對豬神權杖做的事情，我還沒找你好好算帳呢！」玉皇大帝叫住看到狀況對自己非常不利，想偷偷趁亂溜走的獅王。

「是，玉皇大帝。」獅王嚇得呆立在原地，不敢再亂動。

「我該給你一個什麼樣的教訓呢？」玉皇大帝遲疑了一會兒。「嗯！剛才王母娘娘對我提了一個不錯的主意，打算讓你將功折罪。」

「什麼主意？我都願意接受。」獅王痛哭流涕的說道。

「是這樣的。地面的人族，現在有狗族這樣的好朋友來幫他們看顧家門。但是天上的神仙們在地上的住所——廟，卻沒有動物來幫忙看顧，所以就由你帶領獅群來看顧吧！」玉皇大帝說道。

「這……這……」獅王聽到原來王母娘娘的主意居然是要自己看門，不禁顯得有點遲疑，後悔自己剛才答應得太快。

「獅王，這工作其實對你來說，是再適合不過的。」玉皇大帝鼓勵的

說道。「你想想，就算你在十二生肖裡，也必須十二年才能輪值一次。而擔任神仙們在地面住家的看門……，不，是守護者，則是每天都可以風光的露臉。」

「這麼說好像也有道理。好，我會好好做好這份新任務的。」獅王聽到玉皇大帝的說法，再想像自己每天站在廟門前的風光模樣，立刻就答應了看守廟門的任務。

事實上，玉皇大帝與王母娘娘，還是希望藉由這個任務，讓一向高傲無比的獅子能藉由看門這件再卑微不過的事，學習到如何腳踏實地做事。

獅王帶領著獅群們，也的確很盡責的扮演好他們的新角色，沒有辜負玉皇大帝的心意。直到現今，你仍然可以在各地的廟宇外頭，看到獅子們不管風吹日曬、白天黑夜，總是盡責的或站、或蹲、或坐、或臥的在廟門口，用最風光帥氣的姿勢，擔任最佳的守護工作。

而在這之後，十二個生肖也都記取各自的教訓與缺點，從第二次輪值開始，一次又一次不斷的改善，讓自己成為玉皇大帝的最佳代班神。

而玉皇大帝自從有了這些幫手後，也終於能放心的帶著王母娘娘好好去渡假了！

直到現在，他們倆還悠哉快活的在宇宙的某個角落渡假旅遊呢！

國家圖書館出版品預行編目資料

豬神權杖／築夢星作；圖倪插畫. --初版.--臺中市：白象文化，2019.3

面； 公分

ISBN 978-986-358-787-3（平裝）

859.6 107023787

豬神權杖

作　　者　築夢星
校　　對　築夢星、林金郎
插　　畫　圖倪
專案主編　徐錦淳
出版編印　吳適意、林榮威、林孟侃、陳逸儒、黃麗穎
設計創意　張禮南、何佳諠
經銷推廣　李莉吟、莊博亞、劉育姍、李如玉
經紀企劃　張輝潭、洪怡欣、徐錦淳、黃姿虹
營運管理　林金郎、曾千熏
發 行 人　張輝潭
出版發行　白象文化事業有限公司
412台中市大里區科技路1號8樓之2（台中軟體園區）
出版專線：（04）2496-5995　傳真：（04）2496-9901
401台中市東區和平街228巷44號（經銷部）
購書專線：（04）2220-8589　傳真：（04）2220-8505
印　　刷　基盛印刷工場
初版一刷　2019年3月
定　　價　330元